ZAFER ALGÖZ

HAŞIRT DI BİLEKBORD

12/Mayıs/2017 - Frankfurt

Haşırt Dı Bilekbord / *Zafer Algöz*

Yayıncı ve Matbaa Sertifika No: 10614

Genel yayın yönetmeni Ahmet Bozkurt
Yayıma hazırlayan Hakan Güngör
Kapak tasarım Berkcan Okar (www.berkcanokar.com)
Kapak fotoğrafı Deniz Özmen
Sayfa tasarım Derya Balcı

ISBN: 978-975-10-3745-9

17 18 19 20 7 6 5 4 3
İstanbul, 2017

Baskı ve Cilt
İnkılâp Kitabevi Yayın Sanayi ve Ticaret AŞ
Çobançeşme Mah. Sanayi Cad. Altay Sk. No. 8
34196 Yenibosna – İstanbul
Tel : (0212) 496 11 11 (Pbx)

İnkılâp Kitabevi Yayın Sanayi ve Ticaret AŞ
Çobançeşme Mah. Sanayi Cad. Altay Sk. No. 8
34196 Yenibosna – İstanbul
Tel : (0212) 496 11 11 (Pbx)
Faks : (0212) 496 11 12
posta@inkilap.com
inkilap.com

ZAFER ALGÖZ

HAŞIRT DI BİLEKBORD

İNKILÂP 90. yıl

Zafer Algöz

1961'de Kars'ta doğdu. 1975'te Bursa Devlet Tiyatrosu'nda açılan "Gençlik Kursları" ile tiyatro eğitimi almaya başladı. 1980'de girdiği Ankara Devlet Konservatuvarı Tiyatro bölümünden 1985'te mezun oldu. Aynı yıl Bursa Devlet Tiyatrosu'nda göreve başladı. 1989'da *West Side Story*'de Tony rolünü oynamak üzere İstanbul Devlet Tiyatrolarına atandı.

Amadeus, Çok Yaşa Komedi, Macbeth, Ay Işığında Şamata, Arturo Ui'nin Önlenebilir Yükselişi, Hamlet, Babaanem Yüz Yaşında, Yaşar Ne Yaşar Ne Yaşamaz ve daha pek çok tiyatro oyununda sahneye çıktı.

Saygılar Bizden dizisiyle televizyona adım attı. Aralarında *Esir Şehrin İnsanları, Kurtlar Vadisi Pusu, Behzat Ç., Beni Böyle Sev, İntikam, Hayatımın Aşkı*'nın da yer aldığı dizilerde oynadı.

Ağır Roman, Duruşma, Salkım Hanım'ın Taneleri, O Şimdi Mahkum, A.R.O.G, Yahşi Batı, Dedemin İnsanları, Uzun Hikâye, Pek Yakında, Ali Baba ve Yedi Cüceler gibi filmlerde rol aldı.

İÇİNDEKİLER

ÖNSÖZ

CEM YILMAZ

Hem Salieri'nin kıskandığı hem de "Kara Kaplı Nizami" şarkısındaki ipten çekip alınan adam kim?

Zafer Abim 3 yaşından beri aktörlük mesleğini sahnede basılmadık yer bırakmamak kaydıyla zevkle icra etmektedir.

Fazla süsü sevmez, ansiklopedilerce konuşulacak aktörlük meselesini sanatkâr bir kasap, sanatkâr bir manav, sanatkâr bir mobilyacı abimiz kadar net anlamış ve her hareketi ile her değdiğine anlatmıştır.

Biz çocukken, konservatuvar kantininde "Ulan Danimarka kralı gelmiş, bu nasıl çift kaşarlı?" estirmesi yaşatan aktörleri görmeye alışık olduğumuzdan, Zafer Abimlerin kuşağından birçok "iyi" aktörün süse fazla düşkün olmayışı içimize su serpmişti.

Hoş böyle diyorum da biz kimiz?

Biz; profesyonel dünyada, aktörlerin bizi pek iyi canlandıramadığını düşünen, bakkalın çırağı, mahallenin fırlama abisi, herkesin âşık olduğu ama utangaç delikanlı, köyün delisi ya da Orta Anadolu ağzıyla konuşan bir şerifiz diyelim. Ya da hadi tamam, Danimarka kralı olsun. Adam olsun da.

Bize ses soluk vermek zordu o zamanlar. Bu abiler bizim imdadımıza yetişti.

Kâğıtta yazana can katan bu sahici aktörler sayesinde şunu anladık; boş yapma, işini yap!

Eğitimli serserilerin her zaman fark yarattığı "sanat sunat" işlerinde "alaycılık" işin olmazsa olmazıdır. Kendinle değil, etrafınla ilgileneceksin biraz. Biriktireceksin. Terazine de iyi bakacaksın. Kendine acımasız, etrafa merhametle bakıp malı toplayacaksın önce.

Zafer Abimin bu yazılarını okurken gerçekten çok güldüm. Mal güzel. Müthiş bir zamanlama ile yazılmış performanslar gibiler.

Bazen bu performanslara canlı tanıklık da ettim, çok şanslıyım. Aman yarabbi tam bir resital...

İki farklı zamanda dinlerseniz hikâyelerde bir iki nüans, ölçü birimi, işte ne bileyim, 5 kişiydiler, bazen 7 olur vesaire –biz bunlara “sanatlama” diyelim– dışında gönyeden bir kaçış ve kaplama bir süs yoktur.

Hem esnek hem beton gibi sağlam öyküler.

Peki hiç düşündünüz mü nedir bunun sebebi?

Ben düşündüm.

İyi şeyleri ancak iyi çocuklar yapar.

Zafer Abim de hiç yaşlanmayan o iyi çocuklardandır.

İlk sorunun cevabı, Amadeus ve Yaşar! Haşırt dı bilekbord!

ROL DAĞILIMI

Adile Naşit

Ahmet Naci Kenter

Ajda Pekkan

Alec Guinness

Alev Sezer

Ali İpin

Ali Tutal

Arif Yılmaz

Attilâ İlhan

Ayhan Işık

Aysel Gürel

Aytaç Kardüz

Baş Seyis Çeto

Baykal Saran

Bekir Sıdkı Sezgin

Bingül Toksoy

Burak Sergen

Cafer Aydın Hoca

Can Akbel

Can Gürzap

Candaş Tolga Işık

Carlos Santana

Cem Yılmaz

Cevdet Algöz

Charlie Chaplin

Cüneyt Arkın

Cüneyt Gökçer

Çaycı Sadık Dayı

Çetin Tekindor

Çolpan İlhan

Dayı Oğlu Ertuğrul

Deli Ali (Davutoğlu)

Deli Şamil

Dündar Müftüoğlu

Düriye Hanım
Ecder Akışık
Emin Gümüşkaya
Ercüment Batanay
Eric Clapton
Erkan Can
Erkan Yücel
Erol Kardeseci
Fahrettin Aslan
Fatma Girik
Frank Sinatra
Freddie Mercury
Gary Moore
Günay Girik
Güner Algöz
Hacı Muammer Ana
Haldun Taner
Haluk Kurdoğlu
Havlucu Memet
Havva Ana (Bekar)
Haydar Algöz
Hayriye Müren
Hidayet Sayın
Işık Yenersu
İsmail Cem
İsmail İncekara
Jimi Hendrix
John Gielgud
John McLaughlin
Kadir Topbaş
Kel Şevki Bey
Kemal Sunal
Kemalettin Tuğcu
Kenan Işık
Kerem Alışık
Kerim Afşar
Kıymalı
Kolombo Hamza
Kuzguncuklu Köşk Emin
Kükürt Ergun (Akvuran)
Laurence Olivier
Levent Çelmen
Macide Tanır
Macit Flordun
Mark Knopfler
Matbaacı Erkan
Memduh Ün
Metin Kaçan
Mevlüt Amir
Miloš Forman

Murat Karasu
Mustafa Altıoklar
Mustafa Uğurlu
Muzaffer Tema
Mücap Ofluoğlu
Müjde Ar
Mükerrem Kemertaş
Münir Özkul
Müşfik Kenter
Müzeyyen Senar
Nisa Serezli
Nur Subaşı
Okan Bayülgen
Olga Cynthia
Orhan Çağman
Orhan Veli
Öztürk Serengil
Peter Shaffer
Rafet Kaptan
Refet Dayı
Roberto Cossa
Robin Williams
Sadrettin Kılıç
Sadri Alışık
Sanchez Ferit
Savaş Dinçel
Savaş Yurttaş
Semih Sergen
Seyit Al
Sökeli Ali Dayı
Suna Pekuysal
Süha Tuna
Şakir Öner Günhan
Şişko Cahit (Çağıran)
Tardu Flordun
Tomas Fasulyeciyan
Tuncer Necmioğlu
Tülay İltan
Uğur Yücel
Umur Bugay
Ülkü Erakalın
Ümit Efekan
Yalın Tolga
Yaman Okay
Yıldız Kenter
Yücel Erten
Zafer Cilasun
Zeki Demirkubuz
Zeki Müren
Zeki Ökten

HAŞIRT THE BLACKBOARD AT THE SEASIDE

(DENİZ KENARINDA UZUN ATLAMA)

ÖZTÜRK SERENGİL

Öztürk Serengil ile 1986 senesinde Çeşme'de tanıştık. O zamanlar 8 kişilik bir grubumuz var. Çeşme Altınyunus'un su sporları, eğlence, animasyon, halkla ilişkiler ve amfi tiyatro etkinliklerini yapıyoruz.

Otelde sabahtan başlanıyor, geceye kadar sürekli aktivite var. Amfi tiyatro akşamları harbiden yıkılıyor. Otel yönetimi dışarıdan da talep geldiğini görünce kapıda bilet kesmeye başladı. Herkes durumdan memnun, binlerce misafir hep otelin içinde kalıyor; hiç kimse otelin giriş yoluna dizilmiş sağlı sollu kafelere, barlara gitmiyor, üstelik daha ucuz olmasına rağmen.

Bir gün resepsiyondan dediler ki, "Öztürk Serengil, ekibin sorumlusu kimse onunla görüşmek istiyor." Şefimiz Levent Çelmen konuştu ve akşamüstü için randevulaştılar. Hep birlikte üstadı karşıladık.

Keten, krem rengi bir pantolon, beyaz gömlek, beyaz kruvaze ceket, yakada açık mavi mendil, kahve-turuncu karışımı bir gözlükle kıl pranga geldi. Soluk almadan yaklaşık 1 saatlik *stand-up* tadında bir gösteri yaptı. Herkesi kırdı geçirdi. Bir büyücü gibi avucunun içine aldı hepimizi. Nihayetinde otel dışında bir mekân açmış.

Biz otelde 20 saat *non-stop* etkinlik yaptığımız için yöredeki esnaf kapının önüne sandalye atmış durumda.

"Milletin götü açlıktan örümcek bağladı yewrummm, arada bir repo yapın. Şu güvercinleri biraz da biz uçuralım... Tersolara geldik bilakis..."

Yeri gelmişken onu da hatırlatalım. Öztürk Abi'nin mekânının adı da kendi gibi enteresan: ÖZTÜRKAJJ KELAJJ. Bunu da Grek harfleriyle (OZTOYPKATZ KEΛATZTZ) yazdırmıştı. Akşamları güneş batarken tam pistin ortasına koyulmuş masada bir kadeh kırmızı şarap, bir vazoda kırmızı gül, fonda Frank Sinatra, sandalyede Öztürk Serengil... Tek bir takip spotuyla yerini alır, caddeye doğru, gelene geçene bakardı.

Bir dönemin en çok kazanan ve en çok aranan aktörü... Bir günde 3 filme koşturan, arada kumara, zamparalığa zaman bulan... 300'e yakın filme imza atmış, dünyada dublajın üzerine komedi karakteri oturtmuş tek aktör... O devirde herkes kendini konuşamıyor tabii. Daha çok tiyatro kökenli olanlar dublaj yapıyor. Sadri Baba, Münir Özkul, Şener Şen, Adile Naşit gibi isimler kendilerini gidip seslendiriyorlar.

Üstadımız Mücap Ofluoğlu da iyi dublajcı. Öztürk Abi'nin tipine bakıyor; enteresan, zargana gibi bir adam; kel kafa, tuhaf bir bıyık modeli, kaşı gözü oynuyor. Ona uygun olsun diye sesini deforme ediyor, eğiyor, büküyor. Ortaya "Temem... Yeşşee... Bilakis... Öpaj, kelajj..." diyen bir adam çıkıyor. En nihayet Öztürk Abi, Mücap Ofluoğlu'nun dublajıyla kendi karakterini oluşturuyor ve Adanalı Tayfur'la başlayan süreç "Abidik Gubidik Twist"le zirve yapıyor.

MÜCAP OFLUOĞLU

Yanı başımızda bir tarih duruyor. Boş bırakır mıyız? Ya biz gidiyoruz... Ya da onu davet ediyoruz. Anlattıkça anlatıyor. Biz yıkılıyoruz, tamam da... Yan masalarda oturan İsveçli, Danimarkalı, Norveçli turistlere ne oluyor? Dilini hiç bilmedikleri bu adama geberiyorlar gülmekten. Bir gün yine formunun zirvesindeyken dedi ki: "Yevrumm ben size HAŞIRT THE BLACKBOARD AT THE SEASIDE'ı anlattım mı?"

"Yok abi anlatmadın. O ne demek?" dedik.

"Deniz kenarında lüks bir restaurantta uzun atlama demek, cayır cayır kazıklanmak demek... Cilasız böbreküstü-bezine kadar kese olmak demek..."

İzmir Alsancak'ta genç bir yatırımcı deniz kenarında lüks bir Fransız restaurantı açıyor. Açılıştan aylar önce Öztürk Abi'yi nerede görse yapışıyor.

"Abim, açılışı sen yapacaksın... Şeref verirsin abi... Gurur duyarım abi... Onurdur benim için abimm... Sensiz hayatta açmam... Ölümü gör abim..."

Bir aksilik oluyor. Programı uymuyor Öztürk Abimin, açılışa gidemiyor. Aradan aylar geçiyor ama mekân sahibi çocuk çetin ceviz, yılmıyor... İzmir'de gördüğü yerde yapışıyor.

"Abimm, bari misafirim ol, ne olur... Açılışa gelemedin, hiç olmazsa mekânımı şereflendir..."

Aylar sonra Öztürk Abimin İzmir'e misafirleri geliyor. "Yahu nereye gidelim," diye düşünürken birden aklına geliyor.

"Yevrucuum gelin sizi Alsancak'ta bir kardeşimin Fransız restaurantına götüreyim. Hem başka bir mutfak yeriz hem de mekân sahibine mahcubuz. Aylardır davetine gidemedik, bari gönlü olsun."

Öztürk Abim tropikal kokteylden bir derin yudum alıyor ve anlatmaya devam ediyor:

"Bir cuma gecesi mekâna girdik. Fonda Fransızca çalıyor bittabi... Ambiyans şahane, manzara öpajj... Ama gelgelelim dükkânda kimse yok. Dedim, ya mekâna haciz gelmiş ya da cenaze var. 'Kimse yok mu yevrum?' diye seslendim. Birden Muzaffer Tema'ya benzeyen karizma bir şef abi geldi. *Full* papyon, önünü ilikledi, gözünün çapağını sildi. Baba belli ki vestiyerde yanlamış, osura osura uyuyordu. Uyandırmış olduk Muzaffer Abi'yi. Bir topuk selamı çakıp içeri doğru buyur etti.

'Buyurun efendim, nerede oturmak istersiniz?'

'Ulen zaten her yer bizim, kimse yok.'

Geçtik aynalı bir masaya oturduk. Komiler, garsonlar bir yerlerden yıldırım gibi yetişti. Mekân sahibi gence de haber salınmış. O da geldi tabii...

'Canımm abimm, nihayet şeref verdin, onur duydum... Emret abimm...'

Çocuk neredeyse boynuma sarılıp ağlıycek, o derece yani... Masayı ufak ufak donatmaya başladılar. Henüz ortada yemek falan yok, ama masa kılıç kalkan ekibi gibi... İç içe tabaklar, bardaklar, çatallar, bıçaklar, kaşıklar, peçeteler... Her şey *full* aksesuvar, mönüye bakıyoruz ama hiçbir şey anlamıyoruz, her şey Fransızca... Biz dersen, zaten mevzuya Fransızız. Mekân sahibi çocuk yardımcı oluyor. Canla başla direktifler yağdırıyor sağa sola...

'Getir oğlum, götür oğlum, hadi çabuk oğlum, al servisi oğlum, yap servisi oğlum...'

Allah o Fransız mutfağı diye deli olanları davul etsin... Tepsi gibi kocaman bir tabak geliyor. Ortasında güvercin boku kadar bir şey... Yemeğin adı kendinden daha büyük... Çocuklar mal mal yüzüme bakıyor.

'Öztürk Abi biz bunları hangi çatalla, hangi bıçakla yiyeceğiz?'

'Yevrum paniğe gerek yok, dışardan içeriye doğru gelin, her boş tabağa çatalı, bıçağı bırakın. Sıradakiyle devam edin...'

Arada mekân sahibi çocuk yemeklerle ilgili brifing veriyor sağ olsun. Düşüncelerimi soruyor. Biz istemeden şaraplar tazeleniyor, ikramlar yağıyor; meyveler, tatlılar, kahveler, konyaklar gelip gidiyor... Zaman zaman mekân sahibi çocukla göz göze geliyoruz. Çok mutlu, neredeyse ağlayacak; minnetle elini kalbine koyuyor, derviş gibi boynunu deviriyor.

Yemek bitti... Kalkıp gideceğiz, işimiz gücümüz, kumarımız var. Davetli bile olsak nezaketen hesap istemek lazım. Sağ elimi kaldırıp kasaya doğru döndüm. Aaa bir baktım mekân sahibi çocuk yok. Şef garson Muzaffer Abi'yle göz göze geldik. Delikanlılıkta hesap için elini kaldırdıysan ya hareketi tamamlıycan... Ya da o elini kıçına sokuceksin çocuum.

'Garsooon hesap!..'

Muzaffer Abi taak diye topuk selamını koydu. Ardından *Meydan Laurusse* gibi koca bir kitabın içinde geldi hesap. Kapağını kaldırıp yukardan bir dikiz yaptım.

'Hiii Anneemm!!!'"

Burada dayanamayıp sordum: "Kazık mı Öztürk Abi?"

"Kazık bunun yanında kürdan kalır Zaferim... Bildiğin Roma mızrağı... Haşırt the blackboard at the seaside... Deniz kenarında uzun atladılar... Cilasız kaydılar evladım bize. Elimi pantolon cebime attım. Kumar için ayırdığım kedi kafası gibi lastikli balyadan paraları çekip tak tak tak diye deftere gömdüm... Muzaffer Tema Abime benzeyen şefe de sağlam bir sakal. Nasıl olsa hasancık kemiğine kadar geçirmişler, olan olmuş. Babayı üzmeye de gerek yok, neticede arkadaşlar bize böbreküstübezine kadar keseyi yaptıktan sonra... Ortadan kaybolan mekân sahibi duygulu çocuk çıkageldi...

'Abiciğim şeref verdin, onur duydum, gururla doldum. Burası senin mekânın, her zaman beklerim.'

Hani neredeyse ağlayacak mutluluktan çocuk...

Dedim, 'Yevrum, bütün personeli topla hepsine teşekkür edeceğim...'

Aşçı, garson, komi, bulaşıkçı, kim varsa hepsi geldi, manga gibi yan yana dizildiler. En baştan sarılıp, kucaklaşıp merasime başladım. 'Yevrumm her şey için teşekkürler, hakkınızı helal edin.' Öpajj, öpajj... 'Hakkınızı helal edin.' Öpajj, öpajj... Tam üçüncü personele de çift yanak dalarken, öpajj öpajj diye... Mekân sahibi çocuk atıldı hemen.

'O nasıl söz abimm, Allah geçinden versin, ömrün uzun olsun... Daha çoook göreşeceğiz...'

Dedim, 'Sanmıyorum çocuğum. Öztürk Abinizi bu dünyada ziyadesiyle siktiniz. Bundan sonra ancak ahirette görüşürüz. Alayınıza öpajj... Hakkınızı helal edin.'"

SAYGILAR BİZDEN

KEMAL SUNAL

Hayatım boyunca defalarca tiyatro sahnesine çıktım. Ama kamera önünde oynamak diye bir tecrübeyi hiç yaşamamıştım 1992 yılına kadar. Devlet Tiyatrolarında çocukluğumdan beri sahnede oynamıştım, ama bu defa tiyatro sekreterliği oynanacak bir rol için aramamıştı.

"Yapımcı Umur Bugay size ulaşmaya çalışıyor, telefonunuzu bekliyorlar..."

Vaay dedim, *Bizimkiler* efsanesinin ve önemli filmlerin senaristi benimle görüşmek istiyor, acep ne ola? Ertesi gün ofisinde buluştuk. Umur Bugay yapacağı projeyi anlattı.

"*Saygılar Bizden* diye bir dizi yapacağım, senin de orada oynamanı istediğim bir rol var. Aramızda olursan mutlu olurum evladım," dedi.

Kadroyu bir saymaya başladı, heyecandan çişim geldi. Zeki Ökten yönetmen, başrolde Kemal Sunal... Kemal Sunal'ın da ilk TV dizisi... Benim de öyle, ama aramızda büyük uçurum var. Ben ilk defa kameralar karşısında şampiyonlar ligine çıkacağım. Kemal Abi adliyedeki mübaşiri oynuyor, ben de düz bir fırlama memurum...

Ee peki diğer rollerde kimler var diye sormaktansa, kimler yok diye sorulsa daha münasip olacak bir kadro var... *Bizimkiler* dizisinin hâkim dedesi Orhan Çağman, Savaş Dinçel, Savaş Yurttaş, Tuncer Necmioğlu, Yaman Okay... Say say bitmez. 13 bölüm olarak tasarlanmış dizide her bölüm konuk oynayanlardan hiç söz etmeyelim... Düşünün o yıllarda Zeki Demirkubuz asistan olarak çalışıyor adaşı Zeki Ökten'in yanında.

Bu güzel adamların ve bu nefis oyuncuların çoğu toprak oldu. İnsan hatırlayınca damağında acı tatlı bir tat kalıyor. "Ne şanslıyım, o insanlarla birlikte ilk defa kamera önünde oynama şansım olmuş," diyorum. Lezzetini hatırlıyorum, ama artık olmadıkları gerçeği içimi burkuyor. Televizyonda onları kanlı canlı görünce öldüklerini unutuveriyorum. Ama iş fotoğraflara bakmaya gelince, artık hayatta olmadıklarını bir kez daha fark ediyor ve hüzünleniyorum. Hepsinin mekânı cennet olsun...

Çekimler Sultanahmet'te, nüfus müdürlüğü binasında yapılıyor. Orayı adliye binası olarak kullanıyoruz. Bütün o koca bina doğal platomuz olmuş durumda. Heyecandan ölüyorum... Kemal Abi'den destek almak amacıyla ona açılıyorum.

"Abi ben hayatımda ilk defa dizi yapıyorum, tiyatrocuyum ama kendimi biraz sanki tutuk görüyorum... Ne yapabilirim?"

"Oğlum böyle şeyleri bana söyleme... Ben senden daha heyecanlıyım... Ben de ilk defa dizi yapıyorum. Belki de ilk ve son olacak, inan bilmiyorum," diyor, gülmekten gözümüzden yaşlar iniyor.

Rahmetli Kemal Sunal bana gerçekten o çekimler boyunca okul gibi oldu. Sadece ondan değil, hepsinden abilik, insanlık, sevgi ve saygı gördüm. Beni aralarına hemen aldılar. İçimi ısıttılar, öğrettiler; herkesi çok seviyorum... Ama biri var ki, geldiğimden beri nedense beni pek sevmedi. Hâkim dede Orhan Çağman'la hiç yıldızımız barışmadı. Set aralarında büyüklerim tiyatroyla ilgili bazı bilgileri paylaşıyorlar. Fikrimi sorunca birisi, ben de bildiğim kadarıyla iki kelam ediyorum. Orhan Dede hemen filenin üstünden smaçı yapıştırıyor.

"Ulan herkes de oyuncu olmuş be... Başımıza gelenlere bakın, herkes münekkit olmuş maşallah!" diyor.

Ben kıpkırmızı oluyorum, yüzüm ateş gibi yanıyor, herkesin içinde Orhan Dede beni resmen "götaki" ediyor. Ekip gülmekten yarılıyor. "Yahu," diyorum kendi kendime, "Dedeye bir saygısızlık etmiyorum, neden hep üstüme oynuyor? Yoksa burada alaylı-mektepli ayrımı mı var acaba?" diyerekten kuruntular yapıyorum.

Yine günlerden bir gün bana bir smaç daha yapıştırdı. Yerle yeksan oldum. Kemal Sunal benim bozulduğumu görünce ağzındaki çayı püskürterek dışarı kaçtı. Onu öyle görünce ince bir dümen olduğuna hemen uyandım. Kemal Abi beni bir köşeye çekti.

"Oğlum sen Orhan Dede'yi ciddiye alma, çünkü o seni galerici sanıyor..."

"Nasıl yani abi?" dedim.

"Seni ilk okuma provasında gördü, bana sordu, 'Kemal kim bu?' diye... Ben de dedim ki 'Dedeciğim bu çocuk çok zengin bir galerici, şöhret olmak istiyor. Zeki Ökten'e, 'Beni bu dizide oynat, sana sıfır BMW hediye edeceğim,' demiş. Onun için burada rolü var dedim. Aman çaktırma sakın mevzuyu..."

Birden bende jeton düştü. Haa, dedim. Dede demek bu yüzden beni yalnız yakaladığında sürekli araba fiyatlarını soruyordu. O andan itibaren galerici rolünü setin son gününe kadar hakkını vererek aslanlar gibi oynadım. Herkesin bizzat katkı verdiği ve bildiği bu oyunu hiç bozmadan oynadık. Bazı kalabalık sahnelerde yönetmen Zeki Ökten megafon elinde beni şişiriyor:

"Çocuğun ilk işi ama iddia ediyorum çok büyük bir aktör geliyor. Aferin oğlum Zafer, iyi ki seni oynatmışım. Arkadaşlar alkışlayalım."

Sadece Orhan Dede kıl kapıyor. O kendine özgü çatallı sesiyle, "Hassiktirin oradan, yok daha neler..." diyerek muhalefet şerhi koyuyor.

Bir gün işi iyice büyüttük. Yeni bir BMW alan arkadaşımı koltukları naylonlu bir halde arabasıyla sete getirdim. Tezgâhı kurduk. Kemal Abi çaktırmadan Zeki Ökten'in kulağına oyunu okudu. Tam kalabalık bir sahne çekilecek, Orhan Dede'nin duyacağı şekilde, "Hocam arabanız kapının önünde, bir bakmak ister misiniz?" dedim.

Zeki Ökten, "Arkadaşlar ara verelim, arabama bakmam lazım," dedi ve dışarıya doğru yol aldı. O gider de millet durur mu... Herkes dışarıya çıktı, arabanın etrafını çevirdik. Kırmızı, üstü açık, koltuklarında hâlâ naylonları olan BMW'nin direksiyonuna oturdu. Sağını solunu kurcaladı. Ardından bana herkesin içinde bir fırça kaydı:

"Zafer evladım, ben sana ne dedim! Siyah ya da gri metalik olacak demedim mi? Derhal alın götürün bunu gözüm görmesin... Ben kırmızı araba hiç sevmem!"

"Hocam, en az 6 ay ya da 1 yıl sıra beklersiniz. Almanya'dan zor getirtiyoruz zaten," dedim.

"Benim acelem yok, ben beklerim. Götürün bu arabayı, hadi biz de çekime devam edelim."

Çaktırmadan Orhan Dede'ye bakıyoruz.

"Yahu bu Zeki deli, adam sana sıfır araba veriyor, hem de bedavaya, rengini sevmedim diyor. Deli bu be!" diye söyleniyor sürekli.

ZAFER ALGÖZ, KEMAL SUNAL İLE

Öyle bir ekiple çalışıyorum ki herkes fena zeki ve sürekli birbirini kafaya alıyor. Zaman zaman Kemal Abi beni köşeye çekiyor. "Yüzüm sarı mı? Yüzüm gri mi? Kızardım mı bir bak bakayım," diyor.

"Yok abi gayet iyisin," diyorum.

"Tamam sağ ol," diyor, çekime gidiyor.

Birkaç defa yaşayınca bu durumu işe hemen uyandım. Eğer o gün iş çok uzarsa ve geceye sarkarsa, ekipteki akşamcı grup bilinçli olarak onu tribe sokuyor. Evhamlı olduğunu bildikleri için onu inandırırsak, yönetmene "Ben iyi değilim" der, set paydos olur. Biz de buradan Kumkapı'ya gider masamızı kurarız.

Kemal Sunal bir öğle yemeği arasında, "Gel, tarihi Sultanahmet köftesi yiyelim," dedi. Köfteciye girdik. Dükkânın önünde yüzlerce insan toplanınca köfteyi yiyemeden arka kapıdan kaçırmışlardı onu. Beni henüz kimse tanımadığı için afiyetle yemiştim. Sette doğal olarak bu köfte meselesi de işlendi tabii, hiç kaçar mı? Sonrasında köfteci bizi üst katlara almayı akıl edince bazı aralarda gidip köfte, irmik helva ziyafeti yapıyoruz.

Orhan Dede liderliğinde oyuncu tayfası Kemal Abi'ye yüklenmeye başladı. "Bize köfte yok mu? Yani illa ki galerici mi olmamız lazım?"

Kemal Abi hiç o topa çıkmıyor, "he he" diyerek geçiştiriyor.

Veee beklenen hamle geldi. Orhan Çağman (Dede) dedi ki: "Kemal, içimizde en zengin aktör sensin. Köfteciye gidelim hesap 1000 TL ve üzerinde gelirse sen ödersin, onun altında kalırsa ben öderim tamam mı?"

Kemal Abi kısa bir duraklamadan sonra restini gördü Dede'nin... "Tamam ulan, lanet olsun köftenize be... Günlerdir bitirdiniz beni... Tamam gidiyoruz."

Önceleri 8-10 kişiydik. Orhan Dede'nin ısrarıyla olduk 30 kişi. Köftecide masalara doluştuk. 1 porsiyon isteyenlere Orhan Dede, "Yetmez oğlum 2 porsiyon söyle, sen yemezsen biz yeriz," diye ayar veriyor.

Zorla tatlılar, salatalar, piyazlar, kolalar, ayranlar doluyor masalara... Patlayıncaya kadar yiyilen köftelerden sonra çaylar, kahveler, falan filan derken... Herkesin bakışları altında Kemal Sunal hesabı istedi. Garson kara kaplıyı getirdi. Kemal Abim hesabı evirdi, çevirdi. Kutuya koydu, Orhan Dede'ye uzattı.

"Al bakalım Dedeciğim, bu hesap senin kesene bereket."

Hepimiz şaşırdık, Orhan Dede doğal olarak daha çok şaşırdı. Nasıl olur yahu derken hesaba baktık. 999 lira... Dede garsonu tekrar çağırdı.

"Evladım biz dünyaları yedik içtik, bu hesap yanlış. Al bunu düzelt getir."

Garson gitti geldi. "Efendim hesap makinesiyle iki defa kontrol ettik. İsterseniz buraya getireyim, bir defa da siz toplayın."

Dede kıpkırmızı oldu ama çaresizce hesabı ödedi. Biraz fazla gülenlere de fırçayı attı.

"Ulan vicdansızlar bir tane fazladan ayran içseniz hesap Kemal'e kalacaktı. Şu bendeki şansa bak..."

Güle oynaya sete döndük... Yine çaylar, kahveler eşliğinde günün değerlendirmesi yapıldı tabii.

"Vaaay be Kemal Abi, 1 lira eksik olduğu için hesap Dede'ye kaldı, çok şanslısın vallahi," dedim.

Kemal Abi güldü, "O şans değil Zaferim, bildiğin tezgâh... Onu da ben kurdum."

"Nasıl yani abi?" dedim, anlattı.

Kemal Sunal günler öncesinden senaryoyu kurgulamış. Köfteciyle anlaşmışlar.

"Buraya kaç kişi gelirsek gelelim. Ne yersek yiyelim... Hesap 999 lirayı geçmesin, üstünü ben veririm," demiş.

"Peki, Dede'nin 1000 liralık teklifle geleceğini nereden bildin?" diye sordum.

"Dede'nin üstüne Yaman Okay'ı saldım. Yaman onun aklına soktu," dedi.

Oyun içinde oyun, kim ciddi kim şaka yapıyor hiç belli olmayan ama aynı anda çok nefis oyunculuklarla dolu şahane bir deneyim... Daha ne isterim, Allah'tan kalanlara selam, gidenlere rahmet. En büyük saygılar bizden olsun.

ŞAKAYLA KARIŞIK SADRİ ALIŞIK

SADRİ ALIŞIK

Burası umutsuzluk çarşısı
Ama her dudakta her sabah binbir umut türküsü
Bu yokuşun ölüleri ağlamaz
Ayak sesleri derindedir duyulmaz
Güneşler, günler unutmak kadar uzaklarda
saklanır, görülmez
Bu koskoca gürültü yaşamak mı?
Beklemek mi ölümü yeniden bilinmez.
Sevgilerimle karışık

Sadri Alışık

100. yılını çoktan devirmiş Türk sinemasının gelmiş geçmiş en büyük komedyeni. Her rolün adamı. Komedyen dediysem lütfen yanlış anlaşılmasın, sadece güldüren adam değil; eski siyah beyaz dönemde oynadığı kötü adam rolle-

ri de var, hepsi birbirinden güzel, inci gibi işlenmiş karakterlerle dolu bir adam... Mehmet Sadrettin Alışık... Rafet Kaptan'ın oğlu, Attilâ İlhan'ın eniştesi, Çolpan Hanım'ın can yoldaşı... Kerem'in babası...

Muhteşem aktörlüğünün yanında, Allah vergisi yeteneklere sahip büyük usta... Şarkı söyleyen, dans edebilen, enstrüman çalan, ressam, şair, şovmen... Üstelik kendi dublajını yapan, bazen zevkine küçük rolleri de oynayan, hatta mahallenin cadaloz bohçacısına bile sesini değiştirerek hayat veren, oynadığı bütün tiplerin içini rengârenk doldurarak onları "karaktere" dönüştüren büyük büyücü...

Yıllar önce Amerika'da önemli bir karaciğer operasyonu geçirmişti. Biraz kendini toparlayınca arada şehre karışır, hava almaya çıkarmış. Allah'ın sevgili kuluymuşuz, bir gün Beyoğlu'nda şahane sohbetine kenardan dahil olmuştuk üç tiyatrocu...

Nefis bir hitabet gücü, sevgi, saygı, nezaket; İstanbul beyefendisi de oluyor, İstanbul bitirimi de... Komik, argo, küfür... Ne söylese ağzına yakışıyor. Sadri Baba oluyor gözümüzde. Bitmesini hiç kimsenin istemediği tek kişilik resital yaptı bize. Hayatımızda hiç duymadığımız argolarla ve küfürlerle tadına doyulmaz bir gösteri... Biz masasına uzaktık, ama çok sigara içmemiz dikkatini çekmiş olmalı. Bizim masaya doğru, ama devamında geniş objektifle mekânın tamamına seslendi:

"Evladım ben 15 yaşımda sigaraya ve içkiye başladım. Tam 50 sene boyunca, her gün 2-3 paket sigara içtim. Hayatım boyunca, abartmıyorum, tam 1 tanker dolusu içki içmişliğim var. Bak şimdi karaciğeri kediye verdik içemiyoruz. 2 kadehten fazla içmeyin, sigarayı da azaltmayın, hemen bırakın evladım."

Bazen meyhaneden ya da fasıl dolu bir geceden sonra herkesi eve davet edermiş.

"Yürüyün bize gidiyoruz."

Bunu Beyoğlu'nda onu gördüğümüz mekânda kendisi anlatmıştı.

"Ulan bendeki densizliğe bak... İçmişsiniz, eğlenmişsiniz, evinize gidin zıbarın değil mi? Yoookk... Hayırrr... Dünyada bırakmammm..."

Çocuklar yalvarır...

"Abi çok geç oldu. Çolpan Hanım'a ayıp olur, başka zaman gelsek..."

"'Olmaazz, bize gideceğiz...'

Çolpanım, zavallı kız uykudan uyanır. O saatte üşenmeden üstünü değiştirir. Güler yüzle herkese hoş geldiniz der. 8 kişilik ziyafet sofrası kurar... Şahane rakı sofrası... Zeytinyağlısından lakerdasına, salatadan yoğurduna kadar... Sonra da masadakilere, 'Efendim hepiniz hoş geldiniz, afiyet olsun... Müsaadenizle ben yatıyorum,' der ve uyumaya gider. Bazen bu haftada 2-3 gün de olur. Benim Çolpanım bir gün olsun surat etmedi... 'Aaa, Sadri bokunu çıkardın artık' bile demedi. Eğer hayatta böyle kahrınızı çeken biri varsa onu asla bırakmayın... Hep sevin..." diye konuyu bağladı büyük usta...

ÇOLPAN İLHAN

O gittikten sonra onu çok eskiden tanıyan Yeşilçam'daki abiler ve arkadaşları, Sadri Baba'yı anlattılar tüm gece...

Çok içermiş, ama sarhoş olmazmış... "Benim masamda bir kişi bile sarhoş olsa, ondan ben sorumluyum. Hep ayık kalıyorum ulan bu yüzden! Adam gibi içemiyorsunuz, sizin yüzünüzden sarhoş olamıyorum... Herkes dağıldıktan sonra akünün fişini çekerim. Can kardeşim Ayhanıma yanarım. Onun için yıllarca ağladım... Hep ağlarım..." dermiş Sadri Alışık.

AYHAN IŞIK

Kardeşten bile yakın gördüğü kıymetli kadim dostu Ayhan Işık rahmetli olunca, acısını hiç içinden atamamış. Mekânları cennet olsun...

Sadri Alışık, hiçbir metot oyunculuğuyla bağdaşmayan tek kişilik bir ekol... Ve tek kişilik bir okuldu... İyi adam, kötü adam, komik, gariban, bitirim, külhanbeyi, züppe, babacan, duygulu, samimi, şövalye ruhlu, sevdiği için aşkından, canından vazgeçen bir cesur yürek.

Yönetmen Ülkü Erakalın, onunla yaşadığı bir film macerasını anlatmıştı.

Sadri Alışık, Erakalın'ın yazdığı senaryoyu sevmiş. Filmin tarihi belli, başrol tabii ki belli; Sadri Baba... Yan roller de belli ama onunla oynayacak kadın oyuncu belli değil. Bazı isimler üzerinde gidip geliyorlar ama Ülkü Erakalın kimseyi beğenmiyor, çünkü onun gönlünde Ajda Pekkan var. O yıllarda Ajda Hanım müthiş bir çıkış yapmış. Şarkı söylüyor... Güzel sahnesi var... Sarışın... Güzel kadın... Ee daha ne olsun?.. Filmde Sadri Alışık'la beraber muhteşem olur diye hayaller kuruyor. Hayallerini Sadri Alışık'la paylaşıyor, ama Sadri Baba ciddileşiyor.

"Yahu memlekette oyuncu mu kalmadı, nereden çıktı şimdi Ajda Pekkan!"

AJDA PEKKAN

Bir türlü ikna edemiyor Ülkü Erakalın. Üstelik günler geçiyor... Sadri Abi yoğun talep gören oyuncu. Senede 10-12 film çektiği de oluyor.

"Hadi başlayalım artık, yetiştiremeyiz sonra, benim başka bir filme de sözüm var," diyerek kestirip atıyor.

Sadri Baba sinirlenip kaçmasın diye hemen onun başka sahneleriyle başlıyorlar filme. Arada soruyor tabii: "Yahu 1 hafta oldu, kimle oynayacağım ben?"

Bir sabah zıınk diye sete Ajda Hanım geliyor. Ülkü Erakalın'ın alı al moru mor oluyor.

"Eee... Sadri Beyciğim rol arkadaşınız Ajda Hanım da teşrif ettiler..."

Sadri Baba hiç beyefendilikten faça vermiyor.

"Hoş geldiniz hanımefendi," diyor.

"Arkadaşlar, Ajda Hanım'a hazırlanacağı odayı gösterin lütfen," diye Ülkü Erakalın sete ince ayar çekiyor.

Ajda Hanım tebessüm ederek hazırlanmak üzere odasına çekiliyor. Özel kuaförü, makyözü, kostümcüsü, yardımcısı ve de kostüm bavullarıyla birlikte tabii...

"Ulan Ülkü beni tufaya düşürdün... Eğer iş yarım kalırsa bak sana neler yapacağım!"

"İnan bana çok yakışacaksınız, muhteşem olacak..." diyerek gaza getirmeye çalışıyor Sadri Baba'yı.

SADRİ ALIŞIK, AJDA PEKKAN İLE

Film yaklaşık 45 günde bitiyor. Ajda Hanım'la bütün sahneler zamanında ve profesyonelce çekiliyor. Hiçbir sorun yok, ama aslında bir sorun var. Ajda Hanım'ın, daha o zamanlardan star olduğu için, sette yönetmen dışında kimseyle selamı sabahı yok. Zamanında sete geliyor. Kendi ekibiyle odasına çekiliyor, hazırlanıp oynuyor. İş bitiminde yine ekibiyle, çantalarla, bavullarla ya konsere ya da evine gidiyor. Set aralarında sohbet yok... Şurada birer kahve içip iki kelamın belini kıralım desen, o da yok. Sadri Baba içten içe bu işe biraz bozuluyor ve gönül koyuyor, ama hiç olumsuz bir tavır göstermiyor. Ajda Hanım'ın filmdeki son sahnesi çekiliyor ve böylece filmi bitiriyor. Yönetmen Ajda Hanım'a teşekkür ediyor ve onu alkışlarla uğurluyorlar.

Ajda Hanım, yardımcıları ve bavullarıyla toparlanıp setten çıkarken diyor ki: "Ülkü Bey, sizinle bu projede olmak memnuniyet verici. Mutlu oldum. Teşekkürler..." Çıkışa doğru giderken birden Sadri Baba'ya dönüyor: "Sadri Bey, sizinle çalışmaktan çok mutlu oldum. Lütfen eşiniz Çolpan Hanım'a sevgilerimi iletiniz."

Sadri Baba eski memur, fırsatı kaçırır mı, oturduğu yerden kafasını çeviriyor...

"KİM DİYEYİM HANIMEFENDİ?" diye ayak içi alt köşeye bırakıyor.

Finalini de Sadri Alışıkça bitirelim.

Heeyy yavrum heeyy!..

VİVA SANTANA

CARLOS SANTANA

R*olling Stones* dergisi tarafından dünyanın en iyi 100 gitar virtüözü listesine girmiş, 10 Grammy ödülü almış, Meksika doğumlu (1947), Latin orkidesi büyük bir sanatçı Carlos Santana... Tıpkı Jimi Hendrix, Eric Clapton, Mark Knopfler, John McLaughlin, Gary Moore gibi kendine has stiliyle hemen fark edilen büyük bir sanatçı...

"Smooth", "Corazon Espinado", "Mania Mania", "Black Magic Woman", "Sideways" gibi şarkılarına hasta olduğumuz bir büyük üstad-ı muhterem. 6 Temmuz 2009'da İstanbul'da verdiği konseri meraklıları hatırlayacaktır. Ama Santana, İstanbul'a ilk defa 1989 yılında gelmişti. Yazımıza konu olan menkıbe de ilk gelişiyle ilgili...

Carlos Santana, İstanbul'a geliyor; alanda karşılayıp konaklayacağı otele getiriyorlar. İlk gün serbest, akşama basın toplantısı yapılacak. Dinlenmek yerine, "Çıkalım İstanbul'u dolaşalım," diyor Santana. Yanına bir rehber veriliyor, kendisine bir de araç tahsis ediliyor. Kapalıçarşı, Sultanahmet, Ayasofya derken Santana güzel bir çay bahçesi görüyor. Hem üstadı dinlendirelim hem de bir Türk kahvesi içsin diye bahçede bir masaya oturuyorlar. O ana kadar koca Santana'yı bir Allah'ın kulu tanımıyor. Resimdi, imzaydı diye taciz eden de yok... Kendi de zaten bu durumdan şikâyetçi değil, çünkü adamın öyle kompleksleri yok... Rehberle beraber kahveleri höpürdeterek sohbet ediyorlar. Birden çay bahçesinin önünden geçmekte olan boyacı Roman çocuklar bağırmaya başlıyorlar...

"HEEY!.. HELLO SANTANA! WELCOME İSTANBUL! I LOVE YOU SANTANA!"

Çay bahçesinin garsonları çocukları tersliyor.

"Kesin ulan, bağırmayın, içeri falan da girmeyin, dağılın buradan, müşteriyi rahatsız etmeyin!"

Santana diyor ki: "O çocukları buraya çağır, ben içeri gelmelerini istiyorum."

Rehber çocuk hemen garsonlara durumu izah ediyor:

"Aman abilerim, adam dünya starı, herkese rezil oluruz, boyacıları yanına istiyor, bırakın gelsinler..."

Çaresiz izin veriyorlar. Boyacı Roman çocuklar sandıklarıyla beraber dalıyorlar çay bahçesine... Rehber söylediklerine tercüman oluyor, başlıyorlar koca Santana'yla sohbete... Diyorlar ki, "Sen dünyanın en büyük gitar ustalarındansın. Senin çizmelerini boyayalım, kıyağımız olsun, 5 kuruş istemeyiz."

Santana çok mutlu oluyor, hem de çok şaşırıyor... Çocuklara gazoz, kola ısmarlıyor. Sonra da soruyor tabii: "Geldiğimden beri beni İstanbul'da kimse tanımadı. Peki bu çocuklar beni nasıl tanıyabildi?"

Çocuklar anlatıyorlar: "Biz boya yaparken bazı müşteriler gazete okur. Fırça sallarken arada gazetelere de bakıyoruz tabii. Resmini orada gördük. 'Dünya Yıldızı Santana İstanbul'a Geliyor' yazıyordu, oradan tanıdık seni."

Çizmelere boya cila yapılıyor. Santana para vermek istiyor ama çocuklar almıyor. "Peki," diyor Santana, "yarın akşam konserim var. Beni dinlemek ister misiniz?"

Çocuklar deli oluyor.

"Hem de çok isteriz Santana. Sen delikanlı adamsın..."

Rehberden ikişer kişilik davetiyelerden alıyor, çocuklara veriyor. Kardeşiniz varsa yanınızda getirebilirsiniz diyor. Çocuklar çok mutlu, tabanları kıçlarına vurarak çıkıyorlar, çay bahçesinden caddeye doğru seğirtip kayboluyorlar.

Ertesi akşam Açıkhava'da müthiş bir izdiham var. Roman çocuklar ellerinde davetiyelerle konsere geliyorlar. Ana kapıdan giremiyorlar, çünkü Santana misafirlerine VIP davetiye vermiş, çocuklar nereden bilsin. VIP kapısına gelince kıyamet kopuyor.

"Kimden çaldınız lan bu davetiyeleri?"

Çocuklar, "Biz kimseden çalmadık abey, biz Santana'nın misafirleriyiz, o verdi bunları bize..."

"Hassiktirin ulan!" diyerek ve sille tokat tartaklayarak çocukların ellerinden davetiyeleri alıp kapıdan kovuyorlar, ama Santana'nın VIP misafirleri pes etmiyor... Sanatçıların arka giriş kapısını buluyorlar. Orada da aynı muamele tabii...

"Hadi yürüyün lan!"

Çocuklar asla pes etmiyor.

"SANTANAA! SANTANAAA!.. HELP... HELP!.." diye bir ağızdan basıyorlar feryadı. Bir şekilde rehbere haber gidiyor. O da gidip durumu Santana'ya anlatıyor. Santana kuliste beklerken çocukların feryatlarını hayranlık ve coşku çığlıkları sanıyor önce, ama bakıyor ki vaziyet hiç öyle değil... Rehber gidip duruma müdahale ediyor. Çocukları alıp kulise, Santana'nın yanına getiriyor. Salya sümük, gözyaşları içinde başlarına gelenleri anlatıyorlar. Santana çok üzülüyor ve sinirleniyor...

"Misafirlerimi alın ve yerlerine oturtun."

Boyacı Roman çocuklar rehberle beraber sahne kenarından seyircinin arasına iniyorlar. Büyük sorun oluyor... Çocukların yerlerine çoktaaan birileri oturmuş bile.

Vali yardımcısının kızı, damadı... Belediyeden falancanın bacanağı, filancanın eltisi, görümcesi...

"Biz protokolüz kardeşim, kalkmıyoruz!" diyorlar.

Görevliler de durumun farkında ama korkudan bir şey yapamıyorlar... Dakikalar geçiyor ama sorun çözülemiyor. Sonunda merdiven basamaklarına birer minder koyulup Santana'nın VIP misafirlerini oraya oturtarak olayı bağlıyorlar. Rehber tekrar Santana'nın yanına gidiyor ve olanları anlatıyor.

Diyor ki, "Git onlara söyle, benim misafirlerime kimse saygısızlık yapamaz... Eğer sahneye çıktığımda çocukları en ön sırada, koltuklarda görmezsem tek bir nota çalmam. Sahneye çıkarım, olayı anlatır, veda eder giderim. Tazminat falan da umurumda değil, bedeli ne olursa olsun öderim."

Konserin başlaması lazım ama bir türlü başlamıyor. Alkışlar, ıslıklar başlıyor. Haydaa, işler karışıyor. VIP bölümde bir kargaşa var... Bu defa görevliler durumun vahametinin farkında. Çocukların koltuklarına çöken baldız, bacanak, elti, görümce ve de enişte... Tek tek koltuklardan kaldırılıyorlar. En ön orta protokol koltuklarına Santana'nın VIP misafirleri Roman çocuklar oturuyorlar.

Arkaya "tamam" diye haber gidiyor. Işıklar açılıyor, sahne aydınlanıyor. Ve Carlos Santana sahneye çıkıyor... Yer yerinden oynuyor. İlk iş olarak ön tarafa bakıyor, misafirleri yerinde mi diye... Çocukları görüyor, bakıyor ki herkes mutlu... Başparmağını yukarı doğru çevirip VIP misafirlerine bir OK çekiyor. Sonrasında o sihirli parmaklar gitarının tellerine gömülüyor. Açıkhava'da sanki gitarından binlerce beyaz güvercin çıkıyor. Uçuyor, uçuyor, Santana'nın misafirlerinin üstünde sortiler yapıyor... Onun içindir ki Santana gibi sanatçılara virtüöz, muhteşem, büyük star demeden önce ADAM diyorlar... Gerçekten çok büyüksün...

VİVA SANTANA!

AYRANLARI TAZELEYİN!..

YILDIRIM BAYEZİD
OYUNUNDAN BİR SAHNE

1402 yılında tarihimizin en önemli savaşlarından biri oldu. En önemli tarafı, ikisi de Türk... Biri Moğol, diğeri Osmanlı; birbirlerine gider yapıyorlar. Mektuplaşmalarla başlayan süreç, nihayetinde "Ankara Meydan Savaşı"na kadar tırmanıyor. Savaşı Moğol İmparatoru Timur kazanıyor ve Yıldırım Bayezid yeniliyor. Tarihe meraklı olanlar elbette bu savaşı hatırlayacaktır. Yıldırım Bayezid hayatının sonuna kadar Timur'un esiri olarak kalacağını anlayınca, rivayete göre yüzüğüne sakladığı zehri içiyor ve kendini öldürüyor...

Staj yıllarımızda, tahminen 1986-87 olabilir, Hidayet Sayın'ın yazdığı *Yıldırım Bayezid* oyununu oynuyoruz. Genç ve çaylak olduğumuz yıllar... Dev gibi kadromuz var. Ekipte kavruk, hafif çekik gözlü, esmer kim varsa hepsi Moğol askeri oldu. Geride kalanlar Osmanlı cephesindeyiz. Timur rolünü, rahmetli Macit Flordun oynuyor (Tardu'nun babası) ama öyle böyle değil, muhteşem oynuyor... Taras Bulba gibi döktürüyor. Bir gün aşırı soğuk algınlığı yüzünden, sahnede oyun sırasında giderek sesi kısıldı. Önce *fade-out* oldu, devamında neredeyse alt yazıya kadar indi. Perde kapandı tabii... Seyircinin önüne yetkili biri çıkıp durumu anlattı. Herkes anlayışla karşıladı ve tiyatro dağıldı. Aldık Macit Abi'yi gece, doktora götürdük devlet hastanesine.

ZAFER ALGÖZ,
YILDIRIM BAYEZİD OYUNUNDA

Doktor, "21 gün rapor verdim, konuşmaması lazım, ses tellerine kan oturmuş," demez mi!

"Eyvah!" dedik. Arada 1 hafta başka oyun var. Ama öbür hafta oynamamız lazım.

Oyunun tüm biletleri satılmış çünkü...

Tiyatro müdürlüğü, Timur rolünü oynasın diye eski aktörlerden Emin Gümüşkaya'yı görevlendirdi. 1 hafta zamanı var ama öyle böyle değil, Timur'un da çok kalın ezberi var. Konuşuyor da konuşuyor...

Emin Baba görevi ilk devraldığında neşeliydi. Günler geçtikçe suratı sirke satmaya başladı. Panik duygusu daha da belirginleşti. Sabahtan öbür sabaha kadar sürekli ezber yapıyor... Oynayacağı oyundan 1 gün önce onun için genel prova yaptık... Herkes çatır çatır oynuyor tabii... Ama Koca Timur "Gak... Guk... Ebelek... Gübelek ve de kemküm" ediyor sürekli. Elbirliğiyle ona yardımcı olmaya çalışıyoruz. Karşılıklı sahnelerinde "Bunu mu söyleyecektiniz... Bunu mu emrettiniz hakanım?" diyerek replikleri hatırlatıyoruz. İte kaka genel provamızı yaptık. Bitiminde kan ter içinde kalan Koca Timur'u rahatlattık. İkili ve üçlü sahnelerde en önemli anahtar cümleleri tespit ettik. "Ezber unutursan biz sana buradan hatırlatacağız merak etme," dedik.

Fakat oyunun en önemli sahnesinde biz hiçbir şey yapamayız... Savaş bitmiş... Ulu Hakan Timur tahtında bütün haşmetiyle oturuyor. Esir düşen Yıldırım Bayezid ve tayfası frikik barajı kurmuş gibi karşısındayız. Arada Yıldırım Bayezid bir iki hede hödö diyor o kadar...

"Eyvaaah, ne yapıcaz oğlum?" dedi yedek Timur.

Dedim ki, "Babacığım, senin masanın üstü meyveler, şarap bardakları, tepsiler ve testilerle dolu... Onların altına çaktırmadan bütün teksti sakla. Masanın eğimi zaten kâğıtların seyirci tarafından görünmesine engel oluyor. Çok sıkışırsan seni kurtaracak bir yer var. 'Konuklarımız susamıştır, ayran getirin...' Bunu ateşle, ayranlar gelirken sen de arada ezbere bakarsın."

Bu önerim Timur tarafından çok beğenildi. Genel provada başarıyla işledi ve alnımdan öptü Yüce Hakan Timur.

Geldi çattı oyun günü... 1. perde Yüce Hakan Timur ufak tefek hebelek gübelek yapsa da kazasız belasız oynadı. Geldik 2. perdeye, esir düştüğümüz en önemli sahneye... Önce padişahımız ve hemen arkasında Osmanlı yiğitleri frikik barajı kurar gibi dizildik.

Timur, yani Emin Baba masaya o sahnenin tekstini serpme kahvaltı sofrası gibi yerleştirmiş, ama panikten sayfa numaraları karışmış... Bazıları ters, bazıları düz. Bazıları üzümlerin ve şarap kupalarının altında kalmış. Sahne başında hede hödö diyerek birkaç cümle etti. Birden ezberde sıçınca hemen imdat frenine yapıştı ve gürledi:

"KONUKLARIMIZ SUSAMIŞTIR, AYRAN GETİRİN!.."

Biraz erken söyledi, ama olsun... Aksesuvarcı Sanchez Ferit hemen sahnenin yanından içi ayran dolu altın kupaları bir Moğol askerinin eline tutuşturup verdi. Moğol askeri hepimize tek tek ayranları ikram etti ve yan kulisten çıktı gitti. O arada Koca Timur masadaki tekste bakarak hatırladı ya da öyle sandı. Üç cümle etti etmedi... Panikten ezberi de unutunca yeniden gürledi:

"AYRANLARI TAZELEYİN!"

Ulaaan... Az önce gelen ayranlardan daha bir yudum almamışken, "Ayranları tazeleyin!" ne demek oluyor? Birincisi Koca Timur'a yakışıyor mu? İkincisi, burası çiçek ızgara ya da köfteci mi? "Ayranları tazeleyin," denir mi böyle ortamda?.. Doğal olarak bizim frikik barajında dalgalanmalar oldu. Moğol askerleri ikinci ayranı getirince inceden herkeste "dalak seğirmesi" oldu. Çaktırmadan birbirimize baktık. Herkesin elinde çift ayran ve üstelik daha bir yudum bile içmemiştik. Hani şöyle göz göze bakışsak, baraj tamamen dağılacak ve rezil olacağız... Neyse ki Koca Hakan Timur ite kaka teksti bir yerinden yakaladı ve oyun devam etti.

Tren rayına oturdu nihayet... Bu defa asıl söylemesi gereken yerde gürledi:

"KONUKLARIMIZ SUSAMIŞTIR... AYRAN GETİRİN!.."

Biz frikik barajı olarak elimizde çift ayran kupasıyla birbirimize gayet insani bir refleksle sığındık... Aradan değil top, su bile geçemeyecek derece sokulduk birbirimize. Ve sahne arkasından aksesuvarcı Sanchez Ferit'in serzenişini sadece biz duyduk.

"Eee be Emin... Yapamadın şu ezberi... Sikecem ayranını haaa!.."

Ferit Baba'nın cilasız küfrünü duyunca barajda kıkırdama ve dağılma belirtileri baş gösterdi. Allahım ne olur gülmeyelim, dağılmayalım diye dudaklarımızı ısırıyoruz. Aklımıza cenazeler ve mezarlıklar getiriyoruz ki ciddiyetimizi koruyalım. Biz bunları kafamızda kurgularken... Koca Timur bir daha gürledi:

"NEREDE KALDI BU AYRANLAR!.." diye indirici darbeyi vurdu.

Sadrazamı oynayan Murat Karasu barajın köşesinden kafasını kaldırdı.

"Ziyade olsun Hakanım, buyruğunuz olursa şayet... İzin verin biz de zindanlarımıza çekilelim," deyiverdi.

Timur'un "Atın bunları zindana!" cümlesiyle koşarak kaçtık sahneden... İki imparatoru tarihin en büyük hesaplaşması için baş başa bıraktık. Kulis kapılarını sıkıca kapatıp gülmekten ağladık, ağladık, ağladık...

Yıllar önce o gün milli içeceğimizin ayran olduğunu öğrenmiş olduk.

DÖNEM DUKASI (AĞIR ROMAN)

ZAFER ALGÖZ, AYSEL GÜREL'LE

1980'li yılların ortalarında tiyatroyla bir turneye çıktık. Balıkesir'de bir kitapçıya girdim, birkaç kitap aldım kendime. Yerde yeni gelmiş, paketi yeni açılmış bir kolinin üstünde duran kitap dikkatimi çekti. Metin Kaçan'ın kaleme aldığı *Ağır Roman*... Bakalım adı gibi ağır mı diyerek aldım ve bir solukta bitirdim. Kendi kendime, "Bundan ne güzel film olur," diye hayaller kurdum. Hayalimde filmi çektim. Romanda hepsi birbirinden güzel şahane karakterler var, ama nedense "Gaftici Fethi" karakterine bayıldım.

Yıllar sonra, "Filmini çekeceğiz, görüşmeye gelir misiniz?" diye aradıklarında, "Hangi rol için acaba?" diye sordum. "Gaftici Fethi" dedikleri anda uçarak gittim tabii...

Muhteşem bir kadro kurmuşlardı... Savaş Dinçel var, Aysel Gürel var, Müjde Ar var... Mustafa Uğurlu, Okan Bayülgen, Burak Sergen... Kimler var kimler... Filmi doğal mekânlarda çekiyoruz. Genelde Beyoğlu Karakolu arkaları... Dolapdere, Tarlabaşı, ara sokaklar, eski evler... Gece gündüz oradayız... Gelgelelim son derece kriminal bir ortam var sokaklarda. Harlem gibi bir bölgede film çekmeye çalışıyoruz. Kürtler, Lazlar, Romanlar, Sivaslılar, Çorumlular, Afrikalılar... Ne ararsan var. Tıpkı Metin Kaçan'ın *Ağır Roman*'da yazdığı gibi hapçılar, torbacılar, çalgıcılar, ispirto içenler, tombalacılar, jiletle kendini doğrayanlar... Hepsi doğal dekorun içinde... Figürasyona bile gerek yok yani...

Filmi sesli çekiyoruz ama aslında ne çileler çekiyoruz. Setin tam ortasından yarı çıplak, elinde palayla başka bir mahalleye saldıran adamlar da geçiyor... Saç saça, baş başa birbirini yolan kadınlar da... Beyoğlu Emniyeti, 4 ekip arabasıyla sürekli çekim yapılan yerlerde güvenliği sağlıyor güya. Buna rağmen sürekli vukuat oluyor.

Önceleri korkuyor ve yadırgıyorduk, sonra biz de alıştık. Ben set aralarında hep küçük Roman çocuklarla muhabbet halindeyim. Yaşları küçük olduğu için onlara sahip çıkıyorum. Roman analar beni de Roman sanıyorlar. Ben sete gelirken camlardan tezahürat yapıyorlar.

"FETHİİİ... ANNEN ÖLSÜN EMİ!.. GURBAN OLURUM SANA FETHİİ!.."

Filmde üstü açık klasik bir spor arabayla mahalleye geldiğim bir sahne var. Elimde megafon, bağırıyorum:

"Abilerim, ablalarım... Bu kitabı alın ve okuyun... *Oğlunuzu İbne Olmaktan Nasıl Kurtarırsınız?*"

Evlerin pencerelerinden sarkan ya da kapı önünde merdivenlerde oturan Roman ablalar, benim repliklerime doğaçlama olarak öyle cevaplar yapıştırıyorlar ki gülmekten geberiyoruz... Sahneyi tekrar tekrar çekiyoruz.

Bir gece geç saatte sokak sahnesi çekeceğiz. Yönetmen Mustafa Altıoklar sağa sola işinin gereği konuşuyor...

"Kameranın kafasını kaldır!.. Işığı biraz sağa çevir!.. Eveeet, sessizlik!.." derken... Üç katlı cumbalı bir evden sardunya ekili büyük bir saksı "KÜÜÜTT!.." diye setin ortasına düştü. Korkudan taş kesildi herkes... "Ne oluyor yaaa?" dememize kalmadı, evin cumbasından beyaz atletli, alkol ve haptan atmosferin dışına uçmuş bir abi beline kadar sarktı.

"KESİN ULAANNN! SİKERİM SİZİN FİLMİNİZİ!.. ARTİZ MİSİNİZ LAANN!.."

Yönetmen Mustafa Altıoklar ekip başı olarak cevap verdi:

"Kardeşim ayıp olmuyor mu? Ne biçim konuşuyorsun öyle?.."

Abi gaz kesmeden devam etti:

"KONUŞMA ULAN! BURANIN DAYISI SEN MİSİN GÖT! KONUŞ DİYORSUN KONUŞUYORLAR, SUS DİYORSUN SUSUYORLAR! NE AYAKSIN ULAN SEN!.."

Bu son fırçadan sonra bütün oyuncu tayfası güldük tabii... Beyaz atletli, rakılı ve haplı abi bu defa bize sardı.

"NE GÜLÜYONUZ LAN İBNELER, ALAYINIZ TIRSAK VE YAVŞAKSINIZ... BİRİNİZ ŞU HERİFE 'KEES ULAAN!' DİYEMEDİNİZ. DELİKANLI MISINIZ LAN SİZ!.."

Prodüksiyon bir biçimde abiye kapıyı açtırdı. Yağlamalar, bağlamalar ve nihayetinde gecenin o vaktinde iki büyük rakıyla abimizin gönlü yapıldı tabii...

Bu defa seti saygıyla cumbadan izlemeler, yukarıdan Mustafa'ya iltifatlar başladı.

"KOÇSUN KOOÇÇ!.. ÜZMEYİN LAN ABİMİ, NE İSTERSE YAPIN, İNDİRMEYİN BENİ AŞAĞIYA!.."

Neyse ki bir süre sonra sesi kesildi. Ya sızdı ya da öldü o kadarını bilmiyorum. Bu defa kamera açısının tam önüne 14-15 yaşlarında bir Roman çocuk geldi. Gir içeri diyorlar...

"Burası benim gapımın önü, ayrıca benim neyim eksik, ben de filmde çıkıcem," diye tutturdu.

Mustafa, "Tamam yahu sorun yok, dursun," dedi.

Asistan kızlar, "Olmaz hocam, üstündeki tişört döneme uygun değil," dediler.

Roman çocuğa "döneme uygun" ne demek zar zor anlatıldı. Çocuk hemen evine girdi. Bu defa üstüne Galatasaray formasını geçirip geldi. Forma sahte ürün ama üstünde döneme uygun olmayan reklam var. Asistanlar tekrar müdahale ettiler.

Roman çocuk, "Galatasaray formasıyla çıkıceemm, çıkarmaaammm!" diye tutturdu.

Kavgayı yatıştırmak için ben daldım mevzuya.

"Bak canım kardeşim, kimsenin formaya laf ettiği yok. Eski bir forman varsa onu giy ve gel. Bu dönem forması değil..."

Roman çocuk bana yüzyılın cevabını yapıştırdı:

"Amaaan be Fethi Abey! Şimdi pantolonu, donu indiriceem, çıkarıcem dukayı ortaya, bu dönem dukası değil diyceniz!.."

TERBİYELİ İŞKEMBECİ

NUR SUBAŞI

İşkembe çorbası sever misiniz? Aaa hiç ağzıma sürmem diyenlerin olduğunu biliyoruz. Bayılırım diyenlerin tarafındayım ben. Sevenleri bilir... Terbiyeli, terbiyesiz, şırdan, kalın beyazı tarafından ya da damardan türlü türlü hazırlanışı olur. Ama yazımızın konusu işkembenin değil, işkembecinin nasıl terbiye edildiği...

Uzun yıllar önce cereyan eden bu olaya şahsen tanık olduğum için anlatmaya çalışacağım. İşkembeciyi terbiye eden ise, oyun ve dublaj sanatçısı Nur Subaşı... Namı diğer Nur Bey. Üstadımız, pirimiz... Önce tanımayanlar için Nur Bey'i biraz anlatmam lazım. Google'a ya da Youtube'a girerseniz onun hakkında biraz fikir sahibi olmanız mümkün. Nur Bey'de Allah vergisi "bastan da bas" bir ses tonu var. Sesini duyduğunuz zaman yaptığı dublajları ve hatta TRT yıllarında ramazanlardaki iftar saatini hatırlayacaksınız.

Nur Bey çağdaş bir Diyojen... Paraya pula, mala mülke, şan ve şöhrete pek takılmayan biri...

Hayatta en çok değer verdiği siyam kedisi Siyami Bey'le Kurtuluş'ta mütevazı bir evde oturur. Zaman olur cepte bir kuruş olmaz. An gelir cebindeki 1000 TL ile herkese yemek ısmarlar. Sesi ve karizması hayattaki en büyük servetidir. Bu sayede arabasını çevirip ehliyet, ruhsat, sigorta, taşıt pulu ve de alkol var mı, diyen genç bir trafik polisini aklını alarak bloke etmişliği de vardır.

"Memur Bey, teessüf ediyorum; seeen, her gece benim sesimle oruç açıyorsun! Ne biçim soru bu!"

Genç polis, "Anlamadım efendim," deyince...

"ESİRGEYEN VE BAĞIŞLAYAN!" diyerek o koca bas sesini hatırlatıyor.

"Aaa hatırladım hocam, kusura bakmayın, hayırlı yolculuklar..."

Devamında, "ÜÜÜHH, ÖNEMLİ DEĞİL YAVRUCUĞUM... HAYIRLI VAZİFELEERR..."

İşte yine gecelerden bir gece Nur Bey'de ehliyet yok. Arabada zaten hiçbir resmi evrak yok. Olsa bile gariban Lada'sı alındığından beri hiç yıkanmamış, kapının önünde yatıyor. Sol ön kapı ve arkada vuruk var, ama Nur Bey'de para yok... Bende hiç olmazsa tüm evrakları sağlam Renault 12 var. Üstelik bir kadeh içmeye razı olmuşum. Arabayı kullanacağım ve üstadımız Nur Bey'in gönüllü şoförüyüm...

Akşam Sarıyer taraflarında, deniz kenarında bir yerdeyiz. Tiyatro ve dublaj dünyasından silme insan dolu. Yiyiliyor, içiliyor; eskilerden, yenilerden konuşuluyor. Ben ehliyeti kaptırmayayım diye damlalıkla bir kadeh rakıyı içerken ve şişe bittikten sonra... O bas sesiyle öyle bir yolluk istedi ki, neredeyse bütün müşteriler kadehe koyup getirecek kadar sarsıldı.

"ÜÜHH... KİM BAKIYOR EVLADIM BURAYA? BANA HEMMEN ALTINBAŞ YOLLUK!"

Hani bilmeyen olur diye izah edeyim. Yolluk, içkili mekânlarda gecenin sonunda istenen ve asla hesaba yazılmayan tek ile duble arası bir ikram oluyor.

Vakit ilerledikçe önce balıkçı, sonra da masamız seyrelmeye başladı. Nur Bey gelen yolluğu da tarihin derinliklerine gönderdi. Biz de ayaklandık... Nur Bey beklettiği garsonlara kibar bir teşekkür edeyim diye açtı volümü, neredeyse sesin vibrasyonundan mekânın camları titredi.

"ÜÜÜHHH... HERKESE İYİ GECELERR... İ-Yİ... GE-CE-LEEER!" diyerek vedalaştık.

Atladık arabaya, "Hocam, Kurtuluş'a yukarıdan mı gideyim, yoksa sahil yolundan mı devam edelim?" diye sormak gafletinde bulundum, ağzımın payını aldım.

"TABİİ Kİ SAHİLDEN... BOK MU VAR ULAN YUKARIDA!.."

Sahil yolundan sakin sakin gidiyoruz. Gecenin geç vakti, kimseler yok. Hafif yağmur başladı. Hoca anlatıyor, ben dinliyorum. Bazen öyle deyimler, öyle benzetmeler yapıyor ki gülmekten yarılıyorum. "Allahım inşallah bunları unutmam, bizim çocuklara da anlatırım yarın..." diyorum içimden. Sahilden Hisar ve Bebek güzergâhını geçtik. Tam Arnavutköy'e geldiğimizde, "Gir bakıyım şu Arnavutköy'ün caddesine, onun sonunda 'ABC' diye işkembeci var, orada çorba içelim," buyurdu Nur Bey.

"Emrin olur hocam," dedim ve geldik, işkembecinin önüne yanaştık.

Camda "terbiyeli işkembe" yazıyor. İçeri girerken, "Şimdi bakacaaz Zafer Beyciğim... İşkembe mi terbiyeli, yoksa işkembeci mi?.."

Çorbacıya girdik, içerde hiç müşteri yok, arka tarafta garsonlar çay içip sohbet ediyorlar. Bir masaya çöktük. Nur Bey gecenin rehavetiyle hafif mayışmış garsonları silkeledi.

"ÜÜÜHH!.. KİM BAKIYOORR YAVRUM BİZE!" diye gürledi.

Garson koştu geldi hemen: "Hoş geldiniz efendim, buyurun, ne alırsınız?"

Nur Bey, "Önce misafirime sor evladım..." diyerek garsonu bana doğru pasladı.

Ben bol taneli, kalın kesilmiş tuzlama istedim.

Garson kâğıda yazdı ve Nur Bey'e sordu: "Siz efendim?"

Nur Bey şöyle geriye yaslandı. "ÜÜH EVLADIM BANA 1 BARDAK BOL BUZLU SU, 1 DUBLE SEK ALTINBAŞ RAKI, KİBRİT KUTUSU KADAR YAĞSIZ BEYAZ PEYNİR VE 21 ADET TUZSUZ LEBLEBİ..."

Garson afalladı, galiba şaka yapıyor olmalı diye düşündü ki, "Anlayamadım efendim?" dedi gülümseyerek.

"EVLADIM BEN BURADA TÜRKÇE KONUŞUYORUM... SEN ŞİMDİ BANA DİKSİYONUN BOZUK MU DEMEK İSTEDİN YOKSA!" diye inceden fırçayı yedi garson.

Alttan almaya çalıştı.

"Yok yani, tabii ki anladım da... Burası işkembeci efendim, meyhane değil ki..." diyerek talihsiz bir cümle kurdu.

"ÜÜÜHH ANLAŞILDI ÇOCUĞUM, SEN ŞİMDİ ZAFER BEY'İN ÇORBASINI GETİR VE HEMEN ŞEFİNİ BURAYA GÖNDER."

Zaten bu cümleyi öyle bir yüksek volüm söyledi ki, az kalsın vibrasyondan ciğerlerim dökülecek sandım.

Arka taraflardan biraz daha yaşını başını almış, her haliyle bir şef garson geldi.

"Buyurun efendim, beni emretmişsiniz," dedi, ince bir topuk selamı çaktı.

"ESTAĞFURULLAH... EMRETMEDİM... BİLAKİS RİCA ETTİM!" diyerek topu göğsünde yumuşattı. "BEN GARSON BEYDEN 1 KADEH SEK RAKI, 1 BARDAK YARISI BUZ DOLU SU, KİBRİT KUTUSU KADAR PEYNİR VE 21 ADET TUZSUZ LEBLEBİ İSTEDİM... SİPARİŞİ GETİRMEK YERİNE BİR DE BANA UKALALIK YAPIYOOORR!"

Şef garson bir es yaşadı. "Hemen geliyorum," diyerek kayboldu.

Ahaaa, diyorum kendi kendime... Şimdi içerden aşçı, garsonlar, komiler kim varsa toplanacak. Tavalarla, tencerelerle kafamıza gözümüze ve hatta bıngıldağımıza... Artık nereye rast gelirse verecekler odunu... Islatacaklar bizi...

"Ulan siz bizimle gece vakti kafa mı buluyorsunuz!"

Önce benim bol taneli tuzlama geldi. Şahane görünüyor. Gereken yan ürünleri pul biber, sirke, sarımsak karıştırmaya başladım. Az sonra da Nur Bey'in siparişini alan şef tepsiyle geldi. Vay canına, bir baktım, 1 bardak yarısı buzla dolu su, 1 duble sek rakı, kibrit kutusu kadar yağsız beyaz peynir ve 21 adet tuzsuz leblebi... Hiç eksik yok. Masaya tık tık zarif bir biçimde servisi yaptı ve "Afiyet olsun," diyerek gitti.

Leblebileri tek tek saydım, gerçekten 21 adet.

Nur Bey, "Ulan helal olsun be, işte bu!" dedi ve şefi tekrar çağırdı. "Öncelikle zarif servisiniz için teşekkürleerr... İşkembecide rakı içilmeyeceğini ben de biliyorum. Sadece müşteriye yaklaşım biçiminizi test ettim. Siz gerçek bir profesyonelsiniz. Lütfen bunları alın ve bana da yarım tuzlama getirin. Şef hiç bozulmadı, hepsini tekrar tepsiye koyup götürdü. Nur Bey'in yarım çorbasını da getirdi. İkimiz de çorbaları bitirdik.

"ÜÜÜHH HESAP YAVRUCUĞUM!" diye yine baslarla yüklendi üstadımız.

"Hocam izninizle ben ödeyebilir miyim?" dedim.

Gözlerini sahanda çift yumurta gibi belerterek, "Sakın yavrum, sen karışma," dedi.

Hesap geldi 18 TL bir şey... Cebinden paraları çıkardı ve tabağa atmaya başladı. 20 üstüne 50, onun üstüne 20, bir başka cepten iki 20'lik, bir 50 TL daha... Son kuruşuna kadar çok yüklü bir bahşiş bıraktı.

"Bunlar zarif servisiniz ve profesyonel tavrınız için... Çok çok teşekkürler ve herkese iyi geceler..." diye masadan ayaklandık.

Mekândaki herkes kapıya kadar bizi uğurladı. Arabamızın kapıları açıldı. Trafiğe göz kulak olup krallar gibi uğurladılar bizi. Yola çıktık, Kuruçeşme-Ortaköy devam edeceğiz. Arabada dedim ki, "Vaay be üstadım... Ne biçim racon kestin öyle... Sayende işkembeci nasıl terbiye edilir öğrenmiş oldum."

Nur Bey bir anda volümlü kullandığı bas sesini göğüs tonuna indirdi.

"Fazla konuşma ulan, sana hava yapacaaaz diye cepteki son 200 lirayı işkembeciye bıraktım. Ya bana taksi parası ver... Ya da beni Kurtuluş'a evime bırak bakayım..."

ALÇAK TÜRKO VURDUN BENİ!..

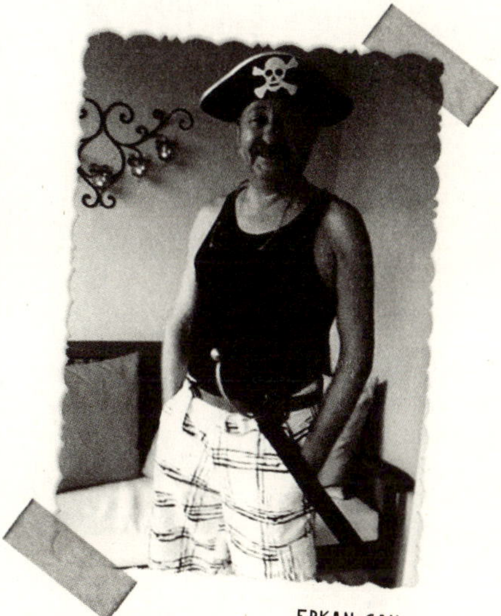

ERKAN CAN

Bir 11 Eylül günü, Bursa'nın düşman işgalinden kurtuluşu münasebetiyle temsili bir canlandırma yapılacak. Biliyorsunuz geleneksel olarak birçok ilde aşağı yukarı aynı mizansenlerle bu müsamere sergilenir.

Hatırlıyorum, yıllar önce Kahramanmaraş'ın kurtuluş törenlerinde halk galeyana gelmiş, Fransız işgal kuvvetleri askerini oynayan hemşerilerine sille tekme dalmıştı. Belediye başkanı mikrofonu eline alarak, "Yapmayın arkadaşlar, işgal kuvvetleri bizim insanımızdır. Sakin olun yahu... Bu bir müsameredir... Durun... Allah aşkına vurmayın..." diye haykırarak olası bir linçi zor engellemişti.

Genelde hikâye şöyle başlar: Yöre halkı köylü kostümleri giyer. Kızlar testiyle su taşır, elleriyle sanki süt sağıyormuş gibi yapar. Erkekler tarlayı çapalar ya da ürünleri harman yerinde havaya savurur gibi hallere girerler. Herkes kardeşçe ve mutlu yaşamaktadır. Sonra birden düşman kuvvetleri baskın yapar... Halkımızı süngüyle, tüfekle katlederler. Nihayetinde üzerinde "özgürlük" yazan siyah bir örtü genç bir kıza zorla giydirilir ve etrafı zincirlerle sarılır. Tam işgal kuvvetleri mutluluğa erdi dediğimiz anda, öncü süvarilerimiz, askerlerimiz ve gazilerimiz caddenin diğer ucundan hücum borusuyla taarruza geçer. Düşmanlar ya kaçar ya da ölür... Kız esaretten kurtarılır, özgürlüğüne kavuşur. Göndere bayrağımız çekilir. Caddenin sağında ve solunda sıralanmış binlerce insan duygulanır, heyecanlanır... Alkışlar, ıslıklar ve tezahürat ortalığı yıkar...

Tören alanında, tribünlerde her zaman ağır protokol olur. Vali, belediye başkanı, mülki amirler, komutanlar... Şiirler okunur, marşlar söylenir, kürsüden konuşmalar yapılır uzun uzun...

Yıllar önce Bursa Devlet Tiyatrosu'nun genç kursiyerleriyiz. Görev aşkıyla yanıyoruz, 11 Eylül'de Bursa'nın temsili kurtuluş töreni yapılacak. Bu yıl törenin savaşla ilgili olan bölümünü Erkan Can kardeşimiz üstlendi. Bizler de arada gidip yardım edeceğiz. İlk buluşma ve ilk prova Bursa Işıklar Askeri Lisesi'nde. Sabah bahçede toplandık. Askeri okul öğrencileri, gaziler ve dernekleri, erkek lisesi, kız lisesi ve de birçok okuldan gelen takviye gençler var. Kızların işi kolay... Onlara yöresel köylü kostümleri dağıtıldı. Zincire vurulacak kız belirlendi. Askeri okul öğrencileri ve gaziler zaten bizim askerlerimizi oynayacaklar.

Erkan liselilerden tek tek seçerek rol vermeye başladı. Akça pakça sarışın tenli olanlara, "Sen Yunansın kardeş..." diyor, düşman kuvvetlerinin kıyafet deposu olan çadıra gönderiyor. Biraz daha kavruk, siyah saçlı olanlara ise, "Sen Türksün kardeş," diyerek kostüm giysin diye diğer çadıra yolluyor.

Birden Yunan askerleriyle Türk askerleri arasında kavga çıktı. Ağlamalar, küfürleşmeler, tekmeler atılıyor falan...

"Durun ulan, ne oluyor orda bakiyimm!" diyerek olayın merkezine daldı Erkan. Yunan askeri diye seçtiği bazı çocuklar salya sümük ağlıyor...

"Ööörtmenim... öörtmenim... Biz Yunan askeri olmak istemiyoz... Türkler bize 'Yavşaklar, kahpeler, alayınız ibnesiniz, ananızı sikicez,' diyerek hakaret ediyorlar."

Öyle bir kriz ki, başa çıkmak çok zor. Kimse kimseyi dinlemiyor ve herkes konuşuyor.

Erkan Can baktı ki otorite elden gidiyor, bir şeyler yapması lazım.

"Kesin ulan! Dinleyin... Oğlum bu bir gösteri, bu kadar onur meselesi yapmayın, sakin olun... Kimin neyi oynadığı o kadar önemli değil..."

"Tamam öörtmenim biliyoruz, ama bize küfredenlerle biz oynamak istemiyoz..."

Erkan son hamlesini yapmak zorunda kaldı.

"Hadi bakalım, ben de Yunan askerlerinin komutanı olucam. Getirin bana çadırdan subay kostümü... Hadi bakalım, yiyorsa bana da küfretsinler göreyim..."

Böylece mutlak sükûnet ve çalışma huzuru sağlanmış oldu. Yaklaşık 3 gün saatlerce prova yapıldı.

Vee beklenen gün geldi çattı...

11 Eylül sabahı, Bursa'da binlerce meraklı kent merkezindeki tribünlerde ve cadde kenarlarında yerini aldı. Biz de caddenin karşısında performansları görebileceğimiz güzel bir yere konuşlandık. Heyecanlıyız, arkadaşımızın ilk rejisörlük deneyimine tanıklık edeceğiz. Marşlar, şiirler, konuşmalar, çelenk koyma törenleri derken, Setbaşı Yokuşu'nun üzerinden Yunan kuvvetleri taarruza başladı. Sağa sola süngülerle, tüfeklerle saldırıyorlar. Sivil halkımız katledildi; kadınlar, çocuklar süngülendi; kızımız zincire vuruldu. Göndere Yunan bayrağı çekildi.

Aaaa bir baktık komutanları Erkan Can coşmuş, sirtakiler oynuyor... "Zito Venizelos... Zito Venizelos..." diye haykırıyor. Daha doğrusu, "affınıza sığınarak," götünü yırtıyor dersek daha doğru olacak. İşgal kuvvetlerinin komutanı olduğu için mi, yoksa meslek aşkından mı bilinmez... Öyle kaptırmış ki kendini coştukça coşuyor...

"Öldürün... Hepsini öldürün!.." diyerek emirler veriyor sağa sola. Birden yere bağdaş kurup oturdu, fonda hoparlörlerden Yunan ezgileri çalıyor. Bizimki alkışlarla sağa sola tempo vermeyi de ihmal etmiyor. Biz müthiş eğleniyoruz, birbirimizi neredeyse döve döve yarılıyoruz gülmekten.

Birden kalabalığın arasından gazi madalyalı 90'lık bir dede fırladı. Göğsünde madalyası... Kafasına büyük gelen bir kalpak... Çakmak çakmak gözler, parantez bacaklar... Elinde Kaptan Swing'ın tabancasına benzeyen eski, koca bir silah, çizmeler... Dede söylenerek yerde oturan Yunan komutanına doğru geldi.

"Anasını avradını siktiminin Yunan dölü seni!.." diyerek elindeki silahı "DEGAAVV!.." diye ateşledi.

Ortam buz kesti... Ödümüz koptu... Allah'tan dedenin torunları tabancaya hafif miktarda kurusıkı koymuşlar.

Erkan önce vuruldum sanarak yemyeşil oldu. Üstüne başına baktı ki bir şey yok, yara bere yok... Dede mutlu olsun diye, "Aaah alçak Türko, vurdun beni!" diyerek dedenin ayaklarının dibinde ruhunu teslim etti.

Dede hızını alamayıp, gelen alkışlardan olsa gerek, ana avrat karışık bir sinkaftan sonra testislere de tekmeyi bastı!

"Yaşa dede!.. Nur ol dede! Helal dede!" bağırışları arasında torunları fırlayıp dedeyi omuzlara aldılar. Tezahüratlar eşliğinde gazi dedeyi Setbaşı'ndaki Mahfel Kahve'ye doğru götürdüler. O arada bizim süvariler taarruza geçti. Düşmanlar temizlendi, esir kız zincirlerden kurtarıldı, göndere bayrağımız çekildi. Halaylar, türküler başladı. Biz hemen arkadaşımızın yanına koştuk. Gülmekten işemek üzereyiz...

"Erkan, dede makineyi degaavv diye ateşleyince harbiden ne hissettin?" dedik.

"Oğlum tören başlamadan yarım saat önce kakam gelmişti. Törenden sonra yaparım diyerek ertelemiştim, ama artık gerek kalmadı..."

AT BİNENİN KILIÇ KUŞANANIN

ALİ İPİN

Bazı sporlar var, insan tek başına yapabiliyor. Bazıları ise ikili ya da takım sporları olarak kategorize ediliyor. İnsan yalnız da golf oynayabiliyor, iki kişi tenis maçı yapabiliyor ama kortta ama masada. Bazen aşka gelip plaj voleybolu... Bazen de halı sahalarda göte göbeğe bakmadan bir araya gelerek futbol zevkini tatmak da mümkün. Ama "at binmek" öyle mi? Tabii ki değil, çünkü o sporu yapabilmek için iki canlı türünün yan yana gelmesi lazım. Sırf bu sebepten ötürü diğer spor dallarından çok çok farklı... Bir kere bizde "at-avrat-silah" üçlemesi var. Orta Asya'daki atalarımızdan tutun da 600 yıllık Osmanlı İmparatorluğu'nun son dönemine kadar bizim tarihimizde kutsal bir yeri, asaleti, zarafeti var... Heybetli görünümüyle de insanda hafif bir ürperti yaratıyor, orası kesin. Asıl ustalık tabii ki binebilmek; kırlarda, bayırlarda dıgıdık dıgıdık koşturmak.

Çeşme Altınyunus Oteli, Türkiye'nin ilk 5 yıldızlı tesisiydi. Koca bir yarımadanın üstüne yerleştirilmiş otelin,

1985 yılında kendine özgü binicilik kulübü bile vardı. Acemi olanlar manejlerde, biraz daha usta olanlar ise Malkoçoğlu gibi yarımadanın uzun patikalarında dörtnala gider gelirlerdi gün boyu. Biz de genç aktör havalarında, çardak altında geleni geçeni izliyoruz.

Günlerden bir gün, oyuncu arkadaşım Ali İpin dedi ki: "Oğlum buranın baş seyisi Çeto'yu ayarladım. Bize binicilik dersi verecek. Aktör adamlarız, bir filmde ya da dizide bakarsın lazım olur. Hazır fırsatımız, zamanımız var; gidelim ders alalım, biz de öğrenelim..."

Gittik, yarımadanın üstündeki kulübe vardık. Çeto'yla tanışma, kaynaşma, atlar daha gelmeden temel bilgilendirme... Nasıl binilir, nasıl inilir?.. Üzengiye nasıl basılır, eyere nasıl oturulur? Dizginlerle hayvana nasıl yön verilir? Nasıl koşturulur, nasıl durdurulur? At depara kalktığı zaman üstünden hafif doğrulup senkoplu nasıl otur-kalk yapılır?

İlk teorik bilgileri tam olarak sindirdiğimizi düşünmüş olmalı ki, "Getirin oğlum iki eğitim atı," diye seslendi içeriye doğru Çeto.

Ahırlar bölgesinden iki at getirdiler...

"Aaa o da ne? Midilliyle sıpa arasında boyutları olan iki süs atı getirdiler. Atların üstüne bindik. Ayaklarımız yere değiyor. Bizim ilk dersi izleyen arkadaşlara resmen rezil oluyoruz... Ama olsun, hiç ciddiyetimizi bozmuyoruz. Çeto aldı götürdü bizi kapalı maneje. Kendi tam ortada duruyor, atların gemlerine tutturulmuş uzun ipler elinde... Yavaş yavaş teoride öğrendiklerimizi pratiğe çevirmeye çalışıyoruz. Arada kıçlarına, "ŞIRAAKK!" diye kamçıyı yapıştırınca, bizim ufaklık atlar tempoyu artırıyor. Öyle bir anda eyerin üstünde oturursan takım taklavat perişan oluyor tabii.

"Biraz ayağa kalkın, senkoplu oturun kalkın, darbeyi yumuşatın... Aferin... Çok çok iyi... Bravo... Oluyor..." diyerek bize moral ve cesaret veriyor. Böylece sabah ilk dersimizi almış olduk.

Öğleden sonra saat 16.00'da buluşup ikinci dersimize devam edeceğiz. Mutluyuz...

"Öğreniyoruz ulan Ali, güzelmiş bu iş..."

Cehennem gibi bir Çeşme sıcağında dersimize tam saatinde gittik. Ahırlar bölgesinde, "Çetooo, Çetoo!" diye bağırıyoruz ama ortada yok. Yardımcısı geliyor sesimize.

"Nerede kardeşim Çeto?"

"Abi üç çocuklu turist bir aileyi ders vermek için yarımadanın oraya götürdü."

"İyi canım zararı yok. Sen bizim sabah bindiğimiz atları getir. Biz bineriz," dedik.

Yardımcı seyisten öğreniyoruz ki, bizim midilli-sıpa karışımı atları ailenin küçük çocuklarına vermişler. Kim bilir ne zaman gelirler... Yardımcı seyis baktık ufaktan bizle dalga geçiyor.

"Abi o atlara hep çocuklar biniyor, size adam gibi bir çift at verelim."

Ali dersen, sanki çocukluğundan beri kraliyet ailesiyle yaşamış... Seyise Araplar, İngilizler, uzun mesafe, kısa mesafe atçılıkla ilgili ne biliyorsa döktürüyor.

"Yok mu oğlum şöyle adam gibi at?"

"Olmaz olur mu, var tabii abi... Peki profesyonel misiniz?"

Ulan iki havalı aktöre böyle tuzak soru sorulur mu? Şöyle birbirimize baktık.

"Herhalde yani, ayıpsın seyis kardeş," dedik. Sabah nasıl olsa işi öğrenmişiz. Basit bir seyis yamağına karizmayı çizdirecek değiliz. Oğlan önde ikimiz arkada, ahırdan içeri girdik.

Çocuk dedi ki: "Seçin abi, hangisini istiyorsunuz?"

Ortalıkta hiç at falan yok... Dev gibi kapıların olduğu ayrı ayrı bölgelerde atlar var ama içerdeler ve kapılar kapalı. Sadece kapı üstünde isimleri yazılı. Ben kendime bir Arap atı seçtim. 4 yaşında, adı "Urfalı"... Hani doğum yerim

Kars, baba tarafım ise Erzurumlu ya... Hiç olmazsa toprağım sayılır. Halden anlar, birlikte güzel bir uyum yakalarız diye düşündüm. Bizim Ali biraz havalıdır. O da kendisine 11 yaşında bir İngiliz seçti, "Little John"...

Seyis çocuk, "Açılın geriye doğru abi," dedi.

Kapıyı açtı ve benim Urfalı'yı dışarı çıkardı. Aman yarabbim! Neredeyse 5 metrelik, apartman gibi at. Kızıl kahve pırıl pırıl tüyler, zehir gibi bakan simsiyah gözler. Heybetli ve bir o kadar da ürkütücü bir hali var. Hiç bizim sabah bindiğimiz sıpalara benzemiyor.

Seyis, hayvanı çeke çeke ahırdan çıkarıyor ama zaman zaman ayakları yerden kesiliyor. İşin doğrusu Urfalı, seyisi dışarı çıkardı dersek daha doğru olur. Sanki 12 silindirli, metalik kızıl kahve, dev bir spor arabaya benziyor mübarek... Avluda bir taşın üstüne bastı, bana ayak bileklerimden destek verip Urfalı'nın üstüne kondurdu. Az sonra Little John'u getirdi, üstüne de Ali'yi bir güzel bindirdi. Bizim atları çeke çeke maneje götürdü.

"Hadi abiciğim, kolay gelsin," diyerek uzadı ve kayboldu çocuk. İkimiz de korkudan ölüyoruz. Atların üstüne binince sanki 7-8 metre yukarıdaymışız hissine kapılıyoruz. Sabah ilk derste öğrendiğimiz her şeyi deniyoruz. Atların gılırında bile değiliz. "Deh" diyoruz gitmiyorlar, "çüş" diyoruz durmuyorlar. Kafalarına göre yerdeki otları, kenardaki yaprakları yiyor, geviş getiriyorlar. Bazen çatır çatır sıçıyorlar, işiyorlar. Birbirlerinin kıçını kokluyorlar ama bizi asla ve kat'a iplemiyorlar.

Ali birdenbire sevinçle haykırdı: "Buldum ulan... Oğlum bunlar manej atı değil, yarış atı... Hayvanlar onun için isteksiz. Manejin dışına çıkalım, yarımadaya doğru dalalım daha güzel olur."

Bu söylediklerini atlar da anlamış olmalı ki biz daha yönlendirmeden hemen manejin dışına doğru dıgıdık dıgıdık çıktılar... Sonradan öğreniyoruz, bizim seçtiğimiz atlar gerçekten yarış atıymış. Bu hayvanlar İzmir yarışlarında 1-2 yıl ceza almış. Sahipleri bunları atlı spor kulübüne kiralıyor ya da ücretsiz emanet ediyor. Düzenli bakım ve eğitim görüyorlar. Balla, kaymakla, fındık fıstıkla besliyorlar. Arada çok usta biniciler gelirse onlar bu atlara biniyor.

Bizim gibi iki dallamanın cüretine bakın, bunların kucağına düşüyoruz. Hayvanlar gayet neşeliler; hele yarımadaya, patika yollara çıktık ya, değmeyin keyiflerine. Kişner gibi kahkahalar atıyorlar ya da bana öyle geliyor... O daracık yollarda bazen yavaş yavaş, bazen ani deparlarla hızlanıyorlar; yarış antrenmanı yapıyorlar galiba. Korkudan altımıza dolduracağız.

Ali'ye fırça atıyorum: "Oğlum azdırma şu hayvanı, yavaş yavaş gidelim yahu..."

Yemin billah ediyor.

"Vallahi hiçbir şey yapamıyorum, beni dinlemiyor, kafasına göre takılıyor bu namussuz..."

Son derece haklı, çünkü Urfalı da beni dinlemiyor. Neyse ki yarımada parkurunun sonunda dik bir yokuş var. Oraya kadar bağıra çağıra ulaşabildik en nihayet.

Bizimkiler yokuşu görünce vitesi küçültüp, arazi sürüşü konumuna geçtiler. Yavaş yavaş yokuşu çıktık ama her yokuşun bir de inişi var tabii, onu hiç düşünmemiştik. Allah'tan yokuş aşağı inerken depara kalkmıyorlar, arazi vitesiyle düzlüğe kadar sağ salim gelebildik. Aaa... O da ne? Atlı sporun arka kapısına gelmişiz. Önümüzde tren yollarında açılır kapanır bariyerler olur ya, öyle bir engel var.

Çok uzaktan atları ilk çıkardığımız ahırlar bölgesi görünüyor. İki yarış atı ve üstünde iki acemi dallama kovboy bekliyoruz. Gelgelelim bariyeri açacak tek bir adam yok etrafta. Çeşme'nin o cehennem sıcağında atların üstünde Erzurum cağ kebabı gibi pişiyoruz, hatta eriyoruz... Atlar arabalar gibi değil ki... Onlar da rölantide çalışıyor ama hiç rahat durmuyorlar... Beklerken birbirlerinden kıl kapıyorlar. Yandan yandan omuz darbeleri atıyorlar. An geliyor oldukları yerde tam daire çiziyorlar, kıçlarını çarpıştırıyorlar, kafa atıyorlar. Biz korkudan basıyoruz feryadı...

"Hooo oğlum! Şişt... Oğlum, çüşş aslanım!.."

İkimiz de attan inip bariyeri açamıyoruz. Kim attan inerse sıçtı... Çünkü o kadar yüksek ki, sonra nasıl binilecek? Böylece bize saatler gibi gelen 10-15 dakika geçti. Yaşlı bir çiftin tepenin yamacından plaj çantalarıyla denize doğru gittiğini gördük. Arkalarından seslendik (daha doğrusu feryat ettik). İhtiyar amca geldi, rica ettik bariyerin kelepçesini açıp yukarı kaldırsın diye. Alman amca bizi kırmadı. Çantayı Ulrike Teyze'ye verdi. Suratında kırmızı bir tebessümle kelepçeyi açıp bariyeri havaya kaldırdı.

Biz amcaya "danke" bile diyemedik, çünkü bizim atlar "Laan yarış başladı, laaan!" coşkusuyla öyle bir fırladılar ki, anlatamam. Benim ayaklarım üzengideyken ilk fırlamanın etkisiyle arkaya doğru yattım, zor doğruldum. Benim Urfalı resmen uçuyor. Dizginlerine asılıyorum dursun diye... Nafile... İtaat etmiyor asla.

Eğer üstünden düşersem, ayaklarım üzengiye takılırsa beni yerlerde süründürür, kuşbaşı yapar diye düşündüm. Ayaklarımı çıkardım. Baktım direksiyon da çalışmıyor, dizginleri de bıraktım elimden. Bacaklarımı iyice karnına kastım. Ellerim boş kalmasın diye sarıldım Urfalı'nın boynuna. O beyaz yeleleri kamçı gibi suratıma suratıma indikçe, "Ulan sana mı kalmış ata binmek! Ne güzel çardak altı gölgelikte keyif yapıyordun!" diyerek kendime kızıyorum. Hani at depara kalktığı zaman atın omurga kemiği kıçımızı acıtmasın diye senkoplu oturup kalkacaktık ya güya... Ne senkobu?.. Aldığım darbelerden affedersiniz takım taklavat Viyana usulü şnitzel gibi olmuş. Ben canımı kurtarmanın derdindeyim, gerisi umurumda değil... Bir ara kader arkadaşım Ali ve onun bindiği Little John'a nerede diye bakayım dedim. Tam 1 metre arkamızdalar. Hayvanın gözleri kahve tabağı gibi büyümüş, ağzından köpükler saçarak geliyor.

Ali can havliyle bağırıyor: "Yetişiin!.. İmdatt!.. Durduruuuunn!"

Benim Urfalı gençliğin verdiği enerjiyle vites büyüttü, fark açıldı ama hiç yavaşlamaya niyeti yok gibi. Onu çıkardığımız kapıya doğru doludizgin gidiyoruz. Bu hızla gidersek hem kendini hem de beni öldürecek diye düşündüm, giderek kapı büyümeye başladı.

O hızla giderken... Anideeen benim Urfalı bir kazık fren koydu, olmaz böyle şey. Dersin ki hayvanda ABS fren sistemi var... Urfalı "zınk" diye freni koyunca, boynuna sarılmaktan başka hiçbir halta yaramayan ben başının üstünden füze gibi fırladım. Hani Kapalıçarşı'da halıcılar turiste halıyı satmak için havada döndürerek atarlar ya... İşte öylesine uçarak çamur, saman ve taze tezeklerden oluşan bir yığının içine daldım. Birikintinin içinden çıktım. Her anlamda boktan durumdayım. Sadece gözlerim görünüyor. Çamur, saman ve boka bulanmışım. Atlar yere düşenin üstünden geçmez derler. Doğruymuş... Bir baktım Urfalı az ilerde durmuş bana bakıyor. Little John ve Ali de durdu tabii... Önce kısa bir şok, ardından her hatırladığımda yıllarca bize neşe verecek sağlam bir binicilik tecrübesi... *Yahşi Batı*'da hiç atlı sahnem yoktu. Bir provada sordular.

"Zafer Abi, at binebiliyor musun?"

Benim yerime Cem Yılmaz cevapladı:

"Zafer Abim çok iyi at biner ama bir kusuru var, attan inemez..."

SOKAĞA ÇIKMA YASAĞI

12 Eylül 1980 darbesinin üstünden tam 1 yıl geçti. Cebeci Ankara Devlet Konservatuvarı'nda öğrenciyiz. Askeri darbe olmuş, üstünden 1 yıl geçmiş ama hâlâ sokağa çıkma yasağı devam ediyor. Başkente benim gibi dışardan gelenlerle parasız yatılı olarak okuyoruz. O yıllarda nereye gidersen git, saat 00.00-05.00 arasında yasak olduğu için sokaklarda gezemiyorsun. Yollar, kavşaklar, askerler ve polisler tarafından kontrol altında.

Okulda çok ciddi bir oyun provasını "güle oynaya" bitirdik. Hadi o zaman Kızılay'daki tarihi meyhane "Tavukçu"ya gidelim dedik. Bendeniz Çelebi, Deli Ali (Davutoğlu), Şişko Cahit (Çağıran) ve Kükürt Ergun (Akvuran)... Oturduk bir masaya, yedik içtik, güldük... Birbirimizi methettik gece boyunca... Zaman su gibi aktı geçti. Baktık ki personel masaları, sandalyeleri toplamaya başladı. Adamlar haklı. Onlar da dükkânı kapatacak ve sokağa çıkma yasağı başlamadan evlerine yetişecekler. Çıktık, Kızılay'dan Maltepe istikametine doğru yürüyoruz. Masadan kalkalı 15 dakika olmuş, bizim Şişko Cahit bok boğaz olduğu için, "Benim midem kazındı şurda işkembe çorbası vuralım," dedi.

"Haydaaa... Oğlum, nereden çıktı! Birazdan yasak başlıyor, yapma Allah aşkına!" dedik.

"Çabucak içerim söz," diyerek çorbacıdan içeri daldı hemen. Söz verdiği gibi o kaynar çorbayı dibinde tek damla bırakmadan afiyetle yaladı yuttu. Baktık çorbacı da kapatmak üzere. Çıktık tekrar caddeye.

Bizim Şişko dedi ki: "Buradan Tandoğan'a doğru yürüyelim. Oradan garaja gideriz, şehirlerarası otobüsler oraya geldiği için 24 saat açık, orada bira satan kafeler var, kimseler de karışmıyor... Zaten 4-5 saat sonra yasak bitiyor, oradan ilk otobüsle sabah okula geliriz."

1 kilometreye yakın yolumuz var ve 15 dakika sonra sokağa çıkma yasağı başlıyor zaten. Tandoğan istikametine doğru hızlı hızlı yürüyoruz. Kaldırım kenarında yol boyunca devam eden bir inşaat var. Etrafını tahta perdelerle kapatmışlar, kaldırımla arasında ise inşaat boyunca devam eden yaklaşık 1 metre yüksekliğinde bir duvar var.

Şişko ve ben neşe içindeyiz, tek sıra halinde duvarın üstünde yürüyoruz. Birden "Caarr!" diye bir ses duyduk. Şişko başladı ağıt yakmaya.

"En sevdiğim montum tabelaya takıldı. Anasını, avradını..." diye bastı kalayı.

Bir baktık, kol yırtılmış içinden tüyler çıkıyor. Önce tüyleri içeri tıkmaya çalıştık. Olmayacağını anlayınca, piranalar gibi Şişko'nun "tarihi eser" sayılacak montunu dört koldan parça pinçik ettik. Tandoğan Caddesi'nde havada tüyler uçuşmaya başladı. Birden duvara fırladık. Arkadaşımızın montunu yırtan tabelaya haddini bildirelim istedik. Tahta perdenin üstüne 1 metrekarelik tenekeden bir levha çakmışlar, üstünde "İlan Yapıştırmak Yasaktır" yazıyor. Alt köşeye çivi çakmamışlar, ucu havaya kalkık olduğundan mont belli ki oraya takılmış.

"Arkadaşımızın montunu sen nasıl yırtarsın?" diyerek tabelaya saldırdık. Çatır çatır köşelerinden söktük, muska böreği gibi katladık. Koca tabelayı mektup zarfı büyüklüğüne getirdik. Atladık duvardan, feci gülüyoruz; havada uçuşan tüyler neşemizi daha da katlıyor. Sokağa çıkma yasağına 5 dakika kalmış, 12 Eylül darbesinin 1. yılıymış, nereden bilelim... Üstelik o gün tüm ülkede nöbetler kaldırılmış, bazı yerlerde bombalı pankartlar asılmış, hiçbir şeyden haberimiz yok. Ve hepsinden daha önemlisi tabelasını söktüğümüz yer, "Ordu Pazarı İnşaatı". Onu da birazdan öğrendik zaten. Cadde kenarında asfaltta yolluk gibi fren izi bırakarak dört sivil araba durdu. İçinde ellerinde otomatiklerle, silahlarla adamlar fırladı. Üzerimize doğru geliyorlar. Ulan çok içtik galiba, halüsinasyon görüyorum sandım önce.

"KIPIRDAMAYIN ULAN! YAT, YAT, YAT! YERE YAATT!"

Pata küte bize dört koldan daldılar. Palamutlar gibi yere yüzüstü yıktılar. Her tarafımızı aradılar. Koşturmalar, telsiz sesleri arasında hepimizi tek tek ayrı ekip arabalarına attılar.

Mevlüt Amirim (adını hiç unutmadım) aldı telsizi eline.

"Ordu Pazarı inşaatına saldırı anında 4 şahıs aldık amirim," diyerek merkeze bilgiyi verdi. 4 şüpheli anarşist, emniyet müdürlüğüne geldik. Yanımıza bir bekçi verdiler. Kendileri asansörle çıktılar, biz gariban bekçiyle yürüye yürüye 11. kata kadar çıktık. Son derece iyimseriz; suçumuz, korkumuz yok. Sadece çok içmişiz, o kadar. Üstelik Deli Ali ve Şişko Cahit asker çocukları. Üstlerinde kimlik belgeleri falan her şey var. Birkaç soru sorup bırakacaklar nasıl olsa diyoruz.

Sinirimiz bozuldu, devamlı gülüyoruz. Hele Ergun içti mi alnı kızarır ve sürekli güler. Koridorun ucunda bir odada Mevlüt Amirimi görüyoruz. Masada oturan apoletli bir polis müdürüne bir şeyler söylüyor. O sırada 11. katta asansör kapısı açıldı. Kravatsız ama takım elbiseli, hafif seyrek saçlı bir sivil polis geldi yanımıza. Zaten ayakta tek sıra askeri manga gibi dizilmişiz. Bir ileri bir geri volta atarak hepimize tek tek baktı. Elinde nereden bulduysa bir kapı kolu var. Sadece Şişko Cahit'in tepesine çivi çakar gibi "tık tık" dokunuyor. Her defasında bizim Şişko amortisörleri varmış gibi hafif çöküp kalkıyor. Başladık kıkırdamaya... Ergun biraz fazla güldü diye feci kıl kaptı ondan.

"Sen niye gülüyorsun ulan göt! Çok mu komik!" dedi.

Bizim Ergun susmak yerine cevap verdi: "Yok abi gülmüyorum, benim ifadem böyle," deyiverdi.

Şöyle bir baktı Ergun'a, "Sen şöyle bir adım öne çık bakayım."

Sonra bana döndü, Ergun'u işaret ederek, "Sen şimdi şuna sağlam bir tokat kapat, bakalım yine gülecek mi?" dedi.

Ben profesyonelce topu göğsümde yumuşatmayı denedim. "Abi, ben arkadaşıma vuramam, yakışmaz bize," dedim, ama yemedi tabii...

"Ulan bana bak, ya şuna adam gibi yapıştır, yoksa nasıl vurulacağını şimdi gösteririm sana haa!" dedi.

Ergun'u karşıma aldım. Bari adam gibi yapıştırayım tekrarı olmasın diye düşündüm. Yaradan'a sığınıp, "Kusura bakma kardeşim," diyerek bir tokat aşk ettim, "ŞIRRAA-AKK!" diye. 11. katın koridorlarında döndü dolaştı ses.

Tam yerime geçiyordum, "Öyle vurup kaçmak yoook... Şimdi de sen buna yapıştır..."

Adam bizden gıcık kaptı yaa... Niyet belli, bizi birbirimize dövdürüyor.

Neyse ki Mevlüt Amirim imdadımıza yetişti. "Tamam, bırak çocukları," dedi ve bizden topladıkları kimlikleri bekçiye verdi.

Tekrar yürüyerek 11 kat aşağı indik. Bu defa hepimizi bir minibüse bindirdiler. Olay mahalli başka bir bölgeye bağlı olduğu için oraya götürüp ilk ifademizi alacaklarmış. Bunu minibüste yanımıza verdikleri polislerden ve bekçilerden öğrendik tabii. Yolda gidiyoruz, bizimle şahane kafa buluyorlar.

"Ulan hepiniz artistsiniz, para var, şöhret var, manitalar var... Rahat götünüze mi battı lan! Ne istiyonuz ibneler Ordu Pazarı inşaatından?.. Bunlar manyağh laa!.." diyorlar.

Yavaş yavaş kendimize geliyoruz, anlatmaya çalışıyoruz. Yok be abiciğim sandığınız gibi değil diye. Sürekli bizle kafa buluyorlar, gülüyorlar. Bazı espriler gerçekten sağlam, artık biz de gülüyoruz kendimize.

Önde oturan bekçi fena formda, hiç susmuyor. Bir ara arkaya döndü, mesai arkadaşlarına bizi göstererek, "Ulan gurban olduğum Allah'ın hikmetine bak. Aktörler arkada oturuyor, benim gibi figüranlar da önde..." deyince bu defa bütün minibüs dağıldık.

Karakola geldik, tek tek ifade veriyoruz. Babacan bir komiser var. "Evladım bana kalsa bırakacağım ama Mevlüt Amirim ifadelerini al geri gönder dedi."

Haydaa tekrar geri döndük. Cepte ne varsa alındı; kemerler, ayakkabı bağları söküldü. Bu defa 11 kat yukarı değil, birkaç kat aşağı indik. Anladık ki hücreler bölgesine gidiyoruz. Sakın ola aklınıza 4 kişilik hücre gelmesin, o bile fazla lüks kalır. Demir bir kapıyı açtılar. Hadi bakalım geçin içeri diyerek kapıyı üstümüze kapadılar.

Öyle bir oda ki anlatılmaz, yaşanır. İki orta büyüklükte oda, ikisini birleştiren küçük bir koridor var. Ben diyeyim 104, siz deyin 114 kişi var içerde; millet alt alta, üst üste bir insan yığını olarak oraya atılmış vaziyette. Tam ortada alaturka leş gibi bir hela; taharet musluğu yok, sabun yok, kâğıt yok, havlu yok... Bunlar yetmezmiş gibi helanın kapısı da yok. Kenarda, şayet kalın sıçan olursa tıktırsın diye bir kürek sapı duruyor. İğrenç ve havasız bir ortam, tepede küçücük bir pencere, hava gelsin diye... Ama içerde o kadar adam sigara içtiği için dumandan göz gözü görmüyor. Korkunç suratlı, tipi kaymış bir sürü adam dolu koğuşta. İkisi bizi çaylak gördü, sigara ve para tokatlarız diye yanaştılar yanımıza.

"Geçmiş olsun biradeerr... Ne iş, gasp mı? Yaralama mı?"

Kulağına kar suyu kaçmış yengeç gibi çalkalanan bitirime döndüm.

"Hayır biradeerr bilemedin, siyasiyiz biz..." deyince bir daha yanımıza uğramadılar.

Biz daha ortama ve olaylara ısınıp bir strateji yapamadan Şişko devreye girdi.

"Benim feci kakam geldi."

Haydaaa bu hiç hesapta yoktu. Deli Ali fırçayı kaydı.

"Bu ne lan, yok acıktım, yok sıçacağım... Çocuk musun oğlum sen!"

"Ne yapayım Ali? Altıma mı sıçayım yani!"

Gitti, 100'den fazla adamın önünde, kapısı olmayan tuvalete (helaya) girdi, gönül rahatlığı içinde, hiç utanmadan, yadırgamadan çatır çatır işini gördü. Dersin ki eleman müebbet yemiş, o kadar rahat yani, olacak iş değil. Kodes arkadaşlarımızdan ikisiyle samimi olduk. Birisi sarışın, mavi gözlü, şık giyimli, okumuş yazmış bir adam. Okulumuzun karşısındaki bir devlet bankasının müdürü. Sevgilisini gece eve bırakırken mahallede devriye gezen bekçi, namus bekçisi olmaya karar vermiş, kimliklerini istemiş vermişler. Sonra da müdüre dönüp, "Kim bu karı? Sen bu karıyı nereden tanıyorsun?" falan diye küstahlaşınca... Müdür bunu ayağının altına almış, Allah yarattı demeden vermiş odunu. Sonra da ekip arabasına atıp buraya tıkmışlar.

Diğer arkadaşımız Erkan... Matbaada çalışıyor. Gelen sipariş üzerine sol bir bildiriyi basıyor. Ondan sonra tabii matbaanın sahibi, siparişi verenler, dağıtanlar, okuyanlar... Kim varsa içeri atıyorlar. Aylarca süren mahkemeden beraat çıkıyor ama bunun siciline işlenmediği için tekrar içeri atıyorlar. Kendi anlattığına göre, "'Sen nezarette 2 saat bekle, İstanbul'dan faks gelecek, sonra serbestsin,' diyorlar. 22 gün oldu, hâlâ bekliyorum abi," diyerek gülüyor. Ya çok iyimser ya da kafayı yemiş belli.

Sabah olduğunu tepedeki küçük pencereden gün ışığı sızınca anladık. Kapı açıldı, tek tek isimler okunuyor, ismi okunanlar sırayla mahkemeye gidiyor. Odadan kum gibi devamlı insan çıkıyor. Derken bizim dörtlüyü ve karşı hücreden ayrı bir dörtlüyü isimleri okuyarak çağırdılar. Biz ana koridorda tek sıra olduk. Diğer dörtlünün çıkmasını bekliyoruz, onlarla beraber gideceğiz.

Aaa, erkek isimleri okundu ama nedense kadınlar geliverdi... Duruma hemen uyandık tabii. Sokağa çıkma yasağına uymayan travestileri de toplamışlar. Onlarla aynı minibüse bindik. Yolda bir muhabbet bir muhabbet, polisler de bizle beraber gülüyor. Birbirimizi çok sevdik, kaynaştık... Tiyatrocu olduğumuzu öğrendiler tabii.

"Ayy kızz artizmiş bunlaaarr!" diye kahkahalarla polis minibüsünü inletiyorlar, ama haklarını teslim edelim, herkesten daha delikanlılar...

"Sokağa çıkmak yasak!" diye buyuran Kenan Paşa'ya, herkesin esas duruşta "Emret Paşam" dediği bir dönemde, bir polis minibüsünde üstelik, öyle sunturlu ve yakası açılmadık küfürler yapıştırıyorlar ki, vaay anam vaayy...

Ulus'taki adliye binasına geldik. Bizden önce kızlar girdi, 10 dakika sonra beraat edip serbest kaldılar. Giderken bize öpücükler, gülücükler...

"Hiç merak etmeyin annem, içerdeki amca çok tonton biri, sizi de bırakıceeekkk, bye... bye..."

Hâkim amca dosyaya baktı, baktı. Kimlik bilgilerimize zum yaptı. Sonra gözlüğünün üstünden sordu:

"Eee anlatın bakalım, ne yaptınız oğlum?"

Bir sessizlik oldu, birbirimize baktık.

Deli Ali dedi ki: "Efendim, alkollüydük... Ordu Pazarı inşaatının üstündeki levhayı eğdik..."

Güldü hâkim amca.

"Ne kadarmış bu levha?"

Deli Ali yaklaşık 1 metrekarelik levhayı tarif ederken, hani neredeyse 216 Samsun boyutlarına kadar indi.

Hâkim amca dosyaya bir şeyler karalarken, "Yahu bunların başka işi gücü yok mu?" diye söylendi. Bastı imzayı. "Hadi geçmiş olsun, serbestsiniz," dedi.

Üstümüzden sanki demir bir yorganı aldı. Özgürlüğümüzü geri verdi. Eşyalarımızı tutanakla geri verdiler. Cebeci'ye geldik hemen, köşedeki pidecide sanki 1 yıl yatmışız gibi yedik, yedik... Midelere en ağır tedaviyi yaptık. Başımıza gelenler, aklımıza geldikçe resmen püskürüyoruz. Öğleden sonra okulda Ecder Akışık hocamızla dersimiz var. Ankara Devlet Konservatuvarı'nın efsanesi, bütün zamanların çaycısı Sadık Dayı geldi.

"Hocam faturayı yatıramıyom, valla çok kalabalık," dedi.

"Hangi banka babacığım?" dedik, öğrendik. Aldım elektrik faturasını, daldım bankaya. Son gün olduğu için feci kalabalık. Sekretere adımı verdim, anında müdür beni odaya aldı.

"Vaayy kardeşim geçmiş olsun, nasılsın? Gel bakalım."

Çay, kahve, sigara eşliğinde hapis, nezaret ve de mahkeme aşaması konuşuldu. O arada hocamın faturası yatırıldı. Makbuz elime verildi. Bankadan çıkarken mahpus arkadaşıma, banka müdürüne teşekkürümü ettim. Okula gelip Ecder Hocama ödenmiş belgesini verince çok şaşırdı.

"Aaa oğlum ne çabuk, nasıl hallettin?" diye sordu.

Hocam karşı bankanın müdürüyle mahpustan arkadaşız desem zaten inanmayacak. Bütün sınıf olayı genel olarak bildiği için sınıfta hafif bir gevşeme oldu doğal olarak...

Ders bitti. Sınıfı topladık. Başımıza gelenleri en ince ayrıntısına kadar herkese tekrar tekrar anlatamayız. Eğer merak eden olursa, bu akşam Tavukçu'da özel sunum yapacağız...

Ama herkese söz... Saat 12 olmadan dağılıp evlerimize döneceğiz, çünkü sokağa çıkma yasağı var. Neme lazım, tedbirli olmakta fayda var...

FRİGYA VADİSİ'NDE

PATİSKA YIRTAN ÇOCUK

ZAFER ALGÖZ, CEM YILMAZ İLE

Tıp dünyasında adı "flatulans" olan reflekse, halk arasında "yellenme" ya da "osurmak" deniyor. Mide ya da bağırsaklarda biriken, metan yoğunluklu gazın dışarıya doğru bazen çok gürültülü bazen de çok sessiz çıkması durumu. Böyle bir ihtiyacın hasıl olduğu durumlarda gazı içerde tutmak ise gerçekten çok zararlı... Bazı durumlarda "kalp krizi" şüphesiyle hastane acil kapılarına koşturanlar da var; bizzat bir arkadaşım yüzünden zamanında biz de koşturduk.

Bir dolu tetkik ve tahlilden sonra, "Bir şeyiniz yok, sıkıntıdan olur" diyerek hastaneden uğurlandık. Hastane muhasebesi 1400 TL'lik faturayı arkadaşıma "zınnk" diye kitleyince, hastane otoparkında sıkıntıdan "ZIBAYNKKK!.." diye osurmuştu canım arkadaşım. Ortada ne kalp kaldı ne de kriz...

Kimi toplumlarda herkesin içinde bu eylemi gerçekleştirmek çok ayıplanırken, bazılarında ise son derece doğal ve hafif bir tebessümle karşılanıyormuş... "Muş..." diyorum, çünkü hiç tanık olmadım, hiç duymadım. Sadece "Almanlarda geğirmek ayıp, osurmak doğalmış" diye bir şehir efsanesi var.

Yıllar içinde çok sayıda Alman tanıdım. Birçok şehrine gittim, ortalıkta zaart zuurt diye dolaşan kimseye tanık olmadım. Sadece tarihsel bilgi olarak şu kadarını biliyorum. Eski Roma İmparatoru Cladius, yemeklerde gaz sıkıştırdığı zaman yellenmeyi yasa haline bile getirmiş. Hepsi bu... Gerisi uydurma... Peki, bu yellenme durumunda ayıplanmayan ve sınırsız özgürlüğe sahip olanlar kimler?.. Hemen söyleyeyim: Bebekler, küçük çocuklar, ihtiyarlar ve hastalar... Haa bu arada bazı evcil hayvanların da hakkını yemeyelim. Köpeklerin evde sessizce osurmaları yüzünden nice ailelerin birbirlerini suçlayarak parçalanma noktasına geldiğini de bilirim.

Yıllar önce babam, onikiparmak bağırsağı ve mide ile ilgili önemli bir ameliyat geçirmişti. Başarılı geçen ameliyattan sonra yanında 3 gün refakatçi olarak kaldım. Narkozun etkisi geçtikten sonra her saat başı doktorlar, hemşireler, genç hekimler geliyor ve hep aynı soruyu soruyorlar babama, "Gaz var mı efendim gaz? Yani, osurabiliyor musunuz Cevdet Bey?"

Babam utanıyor, sıkılıyor, mahcup oluyor. "Yok efendim, ne yazık ki yok," diyor. Sanki osuramadığı için suç işlemiş gibi...

Gece nöbetçi doktor daha tıbbi ve inandırıcı bir açıklama yaptı.

"Efendim mide, bağırsak gibi bölgelerden ameliyat olduktan sonra şayet osurabiliyorsanız, vücut normal fonksiyonlarına dönmüş, ameliyat başarılı olmuş demektir. O yüzden çok önemli, utanmayın, sıkılmayın, osurmaya çalışın."

Babam ıkınıyor, sıkınıyor, en küçüğünden bir "PIRT!" sesine hasret, ama olmayınca olmuyor işte... Vücut hareket etsin diye yataktan kaldırıp koridora çıkarıyorum, koluna girip birkaç adım atsın ki bağırsaklar faaliyete geçsin... Ama ne yazık ki tık yok... Bazı odaların kapıları açık, koridorun sonunda çok büyük bir tuvalet var. Herkes sözleşmiş gibi, adeta bize nispet yaparcasına "Zaaartt... Zurtt!" diye devamlı ateş ediyorlar. Artık babamla gülmeye başladık.

Babam sonunda dedi ki: "Kurban olduğum şu işe bak yahu... Ben bu osurmanın bu kadar önemli olduğunu bilmezdim. Benim için hayati mesele ama saatlerdir tık yok... İhtiyacı olmayanlar çatır çatır kıskandırır gibi salıyorlar..."

Neyse ki sabaha karşı peder bey de o kervana katıldı da yüzümüz güldü...

Peki bu osuruk ya da biraz kibar olalım, yellenme eylemi tiyatro ve sinema dünyasında hiç sorun olarak işlendi mi? Sahnede ya da sinemada hiç oldu mu? Elbette istemeden başımıza gelen 1-2 örneğe denk geldim. Ama şuna kesinlikle eminim, kazayla yani istemeden gerçekleşti.

2008 yılında Afyon'da *A.R.O.G* filmini çekiyoruz. Her sabah kör karanlıkta otelden çıkıyoruz, kilometrelerce yol teptikten sonra, "Döğer" denen bölgeye, Frigya uygarlığından kalan, binlerce yıllık tarihe sahip, içinde kaya evlerin, mağaraların ve de dev kayalıkların olduğu alana yerleşiyoruz. Muhteşem bir doğal dekorumuz var bir kere. Sesli çekime engel olacak tek bir olumsuzluk yok. Pek nadiren, patapat dedikleri traktörle su motoru görevi gören taşıtlar geçiyor, durup bekliyoruz.

Bir gün çok kalabalık bir sahneyi çekeceğiz. 150 kadar figürasyon ve kalabalık bir oyuncu kadrosu bir aradayız. Sabahtan makyaj, peruk, kostüm hazırlıklarına başladık. Vücutlarımızı kahverengiye boyamaya koyulduk. Herkes elinde boya ve sünger, taş devri insanı olabilmek için tüm gücüyle çalışıyor. Boyamadan çıkanlara kürkler, çarıklar ve türlü aksesuvarlar takılıyor.

Filmde, Arif'in medeniyet getirmeye çalıştığı taş devri insanlarına eziyet ettiğimiz bir sahne var. Ben de simsiyah tüylerle kaplı kostümü üstüme geçirmişim. KAAYA'nın emmisi KARGA'yı da ben oynuyorum.

Çekime öğle arasından sonra başladık. Kalabalık sahnelerin genel planları alındıktan sonra başladık diyaloglu sahnelerin ameliyatına. Köylülere gelip fırça atıyorum.

"İcat yapmak yasak!.. Ekip biçmek yasak!.. Yakalarsak fena yaparım!" diye köylülere gözdağı veriyorum.

Köylülerden bir genç, "Biz sadece ağaçlardaki meyveleri yiyoruz Karga... Başka bir şey yapmıyoruz..." diyor.

Ben de kızıyorum, "Ağaçlardan meyveleri toplamayın ulaann!.. Yere düşenlerden yiyin!" diyerek genç köylünün karnına yumruk atıyorum. Ama bir sorun var. Genç köylüyü oynayan çocuk çok heyecanlı. Ben daha yumruğu karnına atmadan, erkenden yumruk yemiş gibi yapıyor ya da geç kalıyor. Defalarca deniyoruz ama bir türlü orayı geçemiyoruz. Tamam hadi bu sefer olacak diyoruz. Günlerdir hiç geçmeyen yolcu uçakları sanki bize inat eder gibi 3 dakikada bir üstümüzden gidiyor. Uçaklar gidiyor, bu defa güneşin önüne bulutlar gelmeye başlıyor. Bulut gidiyor. Başlıyoruz... Haydaa 10 kilometre öteden bir patapat, başka bir köye doğru karşı dağdan yol alıyor. Mecburen bekliyoruz. En nihayet temiz ve uzun bir an yakaladık.

"DİKKAAT!", "HAZIIR...", "ÇEKİYORUZ!.." diye bağırtılar yükseliyor. "KAYIITT!.." diye komut geliyor. Arkada yüzlerce taş devri insanı yerini almış, çıt çıkmıyor koca vadide. Ama bizim genç köylü yine heyecanlı, yumruğu yemeden "Aaahh!" diye yere bırakıyor kendini.

"STOOOP!"

Yine duruyoruz. Eğer hava giderse, yani güneş arkaya doğru inmeye başlarsa yandık. Burayı çekemezsek teknik kadroyla beraber 250-300 kişi ertesi sabah aynı yolu yapacağız ve aynı çileleri bir daha yaşayacağız, olacak iş değil. Herkes çocuğa filmde atılan yumruğu, nasıl yemiş gibi oynaması gerektiğini tarif etmeye çalışıyor. Olmuyor, olamıyor...

En sonunda rejiye gittim dedim ki: "Çocuğa bir şey çaktırmayın, şimdiye kadar vuruyormuş gibi yapıyoruz olmuyor, hiç olmazsa böyle orta şiddette vurayım, hani hiç olmazsa numaradan ah-vah diyemez..."

"Tamam abi," dediler.

Komut geldi: "Seess, kayıttt... 4-3-2-1... OYUN!"

"Ağaçlardan düşen meyvelerden yiyin ulaann!" diyerekten oğlanın midesine alttan bir yumruk çıkarttım.

Heyecan, stres, panik artık ne varsa... Çocuğun karnında biriken gaz kütlesi benim yumruk darbemle beraber

Frigya Vadisi'nde yankılandı... Abartmıyorum, çocuk öyle bir osurdu ki... Frigya Vadisi'nde sanki bir patiska yırtıldı.

"CAAAAAARRTTT!.."

O ses gitti, o sessizlikte binlerce yıllık kaya mezarlardan eko yaptı. "CAR! CAR! CAAR!!!" diye.

Herkes taş kesildi sanki...

Patiskayı yırtan çocuk küçük bir esten sonra, "Affedersin Zafer Abi," diyerek nedense boynuma sarıldı.

"STOOP! KESTİİK!" komutuyla beraber herkes kendini yere bıraktı doğal olarak. Gülmüyoruz, resmen böğürenler, anıranlar var aramızda...

Cem Yılmaz hemen yanıma geldi.

"Abi kurban olayım bir şansımız daha var, yoksa hava gidiyor... Şunu çekelim, sana söz veriyorum otele gidince sabaha kadar bu olayla ilgili geniş katılımlı bir gösteri yapacağım..."

Herkese hemen bir ciddiyet geldi. Gülmemek için kendimizi öyle kasıyoruz ki gözümüze resmen kan oturdu. Neyse ki son şansımızı iyi kullandık. Paydosla beraber kendimi çimlere tepinerek attım tabii... 60 kilometrelik otele dönüş yolu boyunca, insan nasıl osurabiliyor; bu refleks nasıl oluyor; nerede oluyor?.. Geniş katılımlı bir panele dönüştü iş...

Otelde ve yenen yemeğin ardından çocuğa aramızda bir isim koyduk. Uzun bir isim ama olsun... "FRİGYA VADİSİ'NDE PATİSKA YIRTAN ÇOCUK..."

Yemeğin ardından Cem'in babası Arif Abi set ziyareti için Afyon'a gelmiş, yanımıza uğradı.

Cem dedi ki: "Baba, Zafer Abi'yi tanıyorsun değil mi?"

"Tanımaz mıyım oğlum, elbette tanıyorum, onun dizilerini, filmlerini izledim tabii."

"İzledin ama onunla oynamak vallahi çok zor iş... Karşısındaki oyuncu oynayamıyorsa, oyunculuğuyla osurtuyor..."

CEM YILMAZ

Tabii o gün yaşanan olay, tekrar canlandırmalar ve efektler eşliğinde gecenin geç saatlerine kadar yeniden anlatıldı ve yaşatıldı.

"FRİGYA VADİSİ'NDE PATİSKA YIRTAN ÇOCUK" tarihte hak ettiği yerini aldı. Sonuçta oyuncu abim İsmail İncekara'nın ninesinin dediği güzel atasözü akıllara geldi, suratlarda tatlı bir tebessümle gecemiz son buldu.

OSURUĞA GÜLENİN, OSURUK KADAR AKLI YOKTUR!..

MANDEPSİ

ERKAN CAN

Bilmeyenler için küçük bir ukalalık yaparak anlamını açıklamaya çalışayım efendim...

"Mandepsi," Rumca kökenli bir sözcük; tuzak, hile demekmiş. "Mandepsiye basmak" ise malum, tuzağa düşmek, aldatılmak demek. Bazıları vardır yıllarca, defalarca anlatılır ve hep aynı lezzetle o an yaşatılır veya yaşanır.

Bir sohbet sırasında arkadaşlardan biri, iki defa üst üste farklı imamlarla cenaze defin ritüeli yaşadıklarını anlatmıştı. Bir arkadaşlarının dedesi vefat ediyor. Camide cenaze namazından sonra merhumun cenaze arabasını takip ederek Zincirlikuyu Mezarlığı'na götürüyorlar. Yolda ne oluyorsa, cenaze arabasında önde oturan hocaya telefon geliyor. Hoca yolda bir yerde iniyor, "Siz devam edin, ben mezarlığa yetişirim," diyerek kayboluyor.

Mezarlığa geliyorlar... Her şey hazır ama hoca olmadığı için bir türlü defin işlemine geçilemiyor. Cenazeye gelen yaşlı başlı büyükler söylenmeye başlıyor.

"Cenaze bu kadar bekletilmez, günahtır... Nerede bu hoca efendi yahu?"

Bunun üzerine gençlerden biri arabaya atlıyor, zaten mesafe kısa, ana kapıya geliyor, durumu anlatıyor. Yanına nöbetçi bir hoca verip gönderiyorlar. Hoca 5 dakika içinde defin yerine geliyor. Klasik defin töreni yapılıyor. Hoca dualarını ediyor... Herkes "el-fatiha" dedikten sonra cenazeye katılanlar hoca ile merhumu baş başa bırakarak arabalarına doğru yürümeye başlıyor.

Birdenbire bir taksi geliyor. Zıınkk diye sert bir fren, sağ kapıdan bir ayak dışarda. Yolda cenaze arabasından atlayıp giden hoca, taksiye parayı verdikten sonra şöyle bir cüppeyi ve sarığı toparlıyor... Mezarlıktan çıkmakta olan korteji yüksek sesle dua ve elleri kollarıyla tıpkı güvercinleri bir araya toplar gibi yeniden cenazenin başına getiriyor. İlk gelen hocaya ters bir bakış ve devamında aynı cemaatle ikinci kez defin yapılıyor.

"Yahu o kadar adam hocaya hiçbir şey diyemedik," diyerek anlatmışlardı bu küçük mandepsi olayını. Oysa biz zamanında mendepsi işini daha da ileriye götürmüştük. Ben de buna karşılık sevgili, en eski çocukluk arkadaşım Erkan Can ile başımıza gelen menkıbeyi aktarayım efendim.

1978 yıllarında Erkan'la beraber klasik Bursa turu atacağız. Altımızda peder beyin zar zor aldığı Renault 12. Yeşil-Setbaşı-Ulucami, Altıparmak, Çekirge turluyoruz. Erkan Abim çok dertli. Önce mırın kırın ediyor ama sonunda dökülüyor... Hoşlandığı bir kız var, ama henüz kıza açılamamış.

"Eee oğlum söylemezsen kızın nasıl haberi olacak bu sevdadan?" diye soruyorum.

"Öküz sevda çekiyor, ineğin haberi yok amk," diye kendine acımadan ne sinkaflar ediyor... Emanet arabada çeyrek depo benzin var. Aval aval şehirde dolaşmaktan sıkıldık. Fikir kimden çıktı hatırlamıyorum, Uludağ yoluna çıkmaya karar verdik. Cepte zaten 25-30 TL kadar para var. Yoldan iki bira alıp, Kireçocakları Tepesi'nden cennet Bursa'ya bakacağız.

Erkan'a diyorum ki: "Ulan bu kadar ambiyansı bana yapacağına kıza yapsaydın ya, şimdi bu arabada ikiniz olurdunuz. Ne o lan sarı? Yoksa bana mı açılacaksın?"

Arabada gülüyoruz kendimize.

Şimdi bizim Erkan izcidir... Yolları falan çok iyi bildiğini iddia eder. (Gerçi bir keresinde Mudanya'dan Bursa'ya kestirme yol biliyorum iddiasıyla başka bir yoldan tekrar Mudanya'ya getirmişliği de var.) Ama olsun ne yapalım, izcinin izinden ve dediğinden çıkmayasım tuttu.

"Kestirme yolu biliyorum, dön oğlum Pınarbaşı Mezarlığı'na doğru..."

Pınarbaşı Mezarlığı'nın arka yolundan Uludağ yoluna doğru çıkacağız. Mezarlığın uzun yan duvarlarını sağımıza aldık, aşağı doğru gidiyoruz. Hafif yağmur çiseliyor. Sokağı döner dönmez bir baktık önümüzde cenaze gidiyor. Önde hoca, merhumu sadece dört kişi taşıyor. Başka kimsesi yok. Çok yavaş yürüyorlar. Korna çalıp yol verin demek büyük saygısızlık ve terbiyesizlik... Erkan Abimin çok sevdiği Kenny Rogers'ı da susturduk. Çok üzüldük garibin haline. Arabayı sağa çektim, durduk.

Dedim ki: "Rahmetli anneannem derdi ki, bir garibin cenazesine kırk adım omuz verirsen, kırk yıllık sevabı vardır... İnelim mi?"

"Evet oğlum inelim, sevaptır," dedi Erkan.

Arabayı sağa park ettik. Cenazeye yetiştik. Önden tabutu taşıyanlara el verdik.

Adamlar, "Allah razı olsun biraadeerr," diyerek mezarlık kapısından Tophane Yokuşu'na doğru depar atarak kayboldular. O anda ikimiz de "mandepsiye" basmanın şokunu yaşadık. Mevtanın kimsesi yokmuş, sokakta ölü bulunmuş. Belediye defin işlemini halletmiş, cenazeyi taşısınlar diye de dört delikanlıya 100 TL peşin parayı vermişler. Bunları yol boyunca yağmurdan ve çamurdan bata çıka yaptığımız "hayat dersi" yolculuğunda, tabutu arkadan taşıyan ikiliden öğreniyoruz. Çocuklar bizimle inceden kafa buluyor. Onların şansızlığı bizim gibi iki keriz bulamamış olmaları.

Ölen gariban olunca mezarlık yeri de elbette çok ücra ve uzak oluyor. Önde hoca, arkasında bizim dörtlü, mezarlıkta yokuşlar çıkarak, yoğunlaşan yağmurda çamurlara bata çıka mezarlığın en dibindeki kazılı yere ulaştık. Mezar kazılmış, tahtalar, kürekler var ama ortada mezarcı falan yok. Sadece *Hamlet*'te mezarcı rolünü oynayabilecek iki aktör bozuntusu ve Pınarbaşı merkez kıraathanesi müdavimi iki genç var.

Cenazeyi tabuttan çıkardık, mezara indirdik, sağına doğru yatırdık, tahtalarını özenle dizdik. Yağmur hızlandı... Aynı anda dört kürek... Biz de hızlandık... İsmi bile olmayan, sadece tarih ve kod numarası yazılı mezar tahtasını da başucuna gömdük. Hocanın nezaretinde duamızı ettik. Bileklerimize kadar çamur içinde ve en mahrem yerlerimize kadar sırılsıklam... Sular seller içinde mezarlıktan çıktık.

"Erkan ne güzel tezgâha geldik, ibneler bizi mandepsiye düşürdüler," dedim.

"Olsun be oğlum, biz sevabımızı yaptık, o kaçan yavşaklar o parayı ya düşürmüştür ya da kahvede okeyde yolarlar onları, merak etme," diyerek beni teselli etti.

Peki tüm bu olanlardan sonra yine Uludağ yoluna çıkıp iki bira içecek miydik acaba?

"Eee ne yapıyoruz?" dedim.

"Boş ver oğlum Uludağ yolunu falan. İnelim çekirge eski kaplıcaya, adam gibi yıkanalım. Mezarlık çamuru kuruyunca çimento gibi olur..."

SABOTAJ

SEMİH SERGEN

Tiyatroculara özel "son oyun şakaları" vardır. Bizim meslekten olanlar iyi bilirler. Bazen bir oyunu yüzlerce kez oynarsınız. En nihayet son oyun günü gelir çatar. Kuliste oynanan oyunla ilgili deformasyonlar, replikleri komikleştirme, repliklerin yerlerini değiştirme ya da karşıdaki oyuncularla ilgili hain sabotaj planları yapılır.

Daha sezonun son oyununa aylar varken o kadar çok geyiği yapılır ki, bir de bu şakayı yaparsak kim bilir neler olur der, son oyunu iple çekersiniz. Bazıları gerçekten çok kalitelidir. Bazıları da ilkokul seviyesinde olur. Zaten o düşük değerli şakaları da nedense komik bir fıkrayı bile anlatamayıp içine edenler tercih eder. Oyuncunun ayakkabısına vazelin doldurmak, terlikleri japonla yapıştırmak, oyuncunun şapkasını paltoya dikmek, boş olarak taşınan bavula 20 kg'lık 4 tane ağırlık demiri koymak gibi küçük sabotaj planlarına her zaman hazırlıklı olmak gerekir.

Mesela, 300 oyun oynamışsınızdır. Masanızdaki boş telefonla sanki karşınızda biri varmış gibi rol gereği konuşursunuz. Repliklerinizi söyler, işinizi yaparsınız ama benim gibi yedi kat tülbentten süzülmüş bir hergelenin eline düşerseniz... O artık "son oyun şakası" olmaktan çıkar, "sabotaj" kategorisine girer.

Yıllar önce bir büyüğümüze hain bir sabotaj tezgâhlamıştım. Sezonun son oyununu oynayacağız... Gündüz elektrik işlerinden anlayan bir elemanla tiyatroya geldim. Boş telefonun kablosunu kulise kadar çekip düzeneği kurduk. Kulisten "1" numaraya bastığımız zaman sahnedeki telefon çalıyor, ahizeyi kaldırınca konuşabiliyoruz. Velhasıl sabotaj planımız hazır. Tezgâhtan herkesin haberi var. Sadece, rol gereği devlet başkanıyla konuşacak abimizin haberi yok. Çıktık sahneye tıkır tıkır oyunumuzu oynuyoruz. Tam yerinde kırmızı telefon çaldı.

"Bir dakika, sayın devlet başkanım arıyor," dedi. Açtı telefonu, "Buyurun sayın başkanım," dedi.

Adam 300 oyun karşısında kimse yokken varmış gibi oynamaya alışmış tabii...

Karşıdan, "Siktir lan, yardakçılığı bırak!" diye cevap gelince kıpkırmızı oldu.

Önce bir şok yaşadı, ardından telefonla beraber masanın altına girdi. Gülmekten ağlıyor. Bana "Oynayacak halim yok, bittim ben" diye jestler yapınca iki tuluatla oyunu toparladım, ama sonrasında tüm kadro göz bebeklerimiz bile seğirerek oyunu zor bitirmiştik.

Ben yaptım diye övünmüyorum ama her ne kadar son oyun şakası bile olsa öncesinde bir hazırlık yaşandığı için buna "sabotaj" demek daha doğru olur.

Haldun Taner üstadımızın *Sersem Kocanın Kurnaz Karısı* oyununu oynuyoruz. Osmanlı Dram Kumpanyası'nın büyük aktörü Tomas Fasulyeciyan'ı hocam Semih Sergen oynuyor. Hocam çok ciddi. Öyle oyunda tuluat yapmak, laf eklemek ya da çıkartmak gibi eylemlere çok kızıyor, suratı asılıyor, asla izin vermiyor. Sevgili hocam çok titiz adam, düzen tertip seviyor. Karşısında oynarken de eli rahat durmuyor. Role yedirerek kostümünüzde kıl, tüy, yün, kepek ne varsa elektrikli süpürge gibi temizliyor. Ben huyunu bildiğim için rahatım. Ancak 2. perdede oyuna dahil olan Bursa Valisi Ahmet Vefik Paşa'yı canlandıran Dündar Müftüoğlu durumdan çok dertli ve şikâyetçi...

"Senin hocan olduğu için sen söyle, ben söylersem alınganlık yapabilir. Benim dalağım çok düşüktür, gülmemek için kendimi zor tutuyorum. Her oyun yanıma geliyor, aman paşam, yaman paşam diyerek role yediriyor, üstümde başımda ne varsa hepsini ayıklıyor, vallahi oyunu zor bitiriyorum."

Ben de kendisine dedim ki: "Kardeşim bana güven, ona öyle bir sabotaj yapacağım ki bir daha yanına 2 metre bile yaklaşamayacak."

Oyun öncesi aldım Ahmet Vefik Paşa'nın kostümünü elime, iç cebine 3-4 metrelik beyaz makarayı yerleştirdim. Yorgan iğnesiyle bir delik açtım. 5-6 santim kadar beyaz ipi dışarda bıraktım, ceketin üst cebine iyice yerleştirdim. Siyah ceketin üstünde 5-6 santimlik beyaz ip şıkır şıkır duruyor. Bir yandan sabotaj esnasında oyunu nereden devam ettirebilirim diye tedbirimi de aldım. Çıktık, 1. perde alkış kıyamet bitti. 2. perdeye başladık. Ahmet Vefik Paşa'nın sahnesi geldi. Ceketin üst cebine yakın duran beyaz iplik parçası maşallah yazısı gibi duruyor. Semih Sergen hemen paşaya doğru seğirtti. Her zaman olduğu gibi role yedirip paşanın üstünü başını temizleyecek.

"Paşam izin verirseniz," diyerekten ipi almaya yeltendi. Dışardan 3-4 santim görünen ipin içerde 3 metre daha devamı olduğunu nereden bilsin? Çektikçe makaradan çözülen ip geldikçe geliyor. Hiç bitecek gibi değil... Sonunda tezgâha uyandı. "Anaaaa!" diye haykırarak kaçtı sahneden. O gider de diğerleri kalır mı? Herkes ağzını yüzünü ısırarak sahneyi terk etti. Allah'tan perde kapanmasın diye tedbirimi almışım. İkili bir sahnemiz vardı paşayla oynadığımız...

"Hadi gel kız, paşam gelene kadar şunun provasını yapalım," dedim. 5-6 dakikalık blok sahneyi oynadık. Bitimine doğru yüzünü gözünü toparlayanlar tek tek sahneye gelip yerini aldı. Hiç aksatmadan oyunu bitirdik. Selamdan sonra anırarak ve de tepinerek kuliste gülüyoruz. Sahne amiri geldi.

"Zaferciğim, Semih Hocan seni çağırıyor, hadi bakalım kalın bir fırça gelecek galiba?" dedi.

Girdim odasına, Semih Hocamın gülmekten yüzü kıpkırmızı, gözünden yaş geliyor.

"Ulan hergele böyle şaka mı olur! Yahu bu resmen sabotaj... Ya perde kapansaydı ne yapardık!.." dedi.

"Hocam ben tedbirimi almışım, gördüğün gibi oyun devam etti..."

Sarıldık, elini öptüm.

"Bana bak," dedi. "Ulan 70 yaşındayım, 50 yıldır sahnelerdeyim, ben böylesini ne duydum ne de gördüm. Ama senden bunun intikamını almazsam, sana perde kapattırmazsam... Bana da Semih Sergen demesinler. Şu bıyıklarım itin kıçında bitsin ki... Seni fena yapacağım."

"Senin canın sağ olsun hocam... Bak oynadığın Tomas Fasulyeciyan oyunun efsane final tiradında ne güzel söylüyor... 'Zaten aktör dediğin nedir? Oynarken varız, yok olunca da sesimiz şu boş kubbede hoş bir seda olarak kalır, bir zaman sonra da unutulur gider...'"

Oynadığımız rolleri ve replikleri doğal olarak geçen yıllar içinde unutuyoruz. Ama yaşanan güzel anlar, güzel anılar... Yıllarca unutulmuyor... Zaten Tomas Fasulyeciyan oyunda tiyatro sanatı ve oyunculuğu için çıraklarına şöyle diyor: "Bu meslek aşk ister, heyecan ister, tadı haktır, öyle herkese vergi değildir. Yoksa tiyatro dediğin nedir? İki kalas, bir hevestir."

Sersem Kocanın Kurnaz Karısı gibi bir oyunu tiyatromuza kazandıran Haldun Taner ustaya saygıyla...

İMPARATOR

MÜŞFİK KENTER

Oyunculuk mesleğine 15 yaşında başladım. Hayatım boyunca çok yönetmenle ve oyuncuyla çalışmak, bazılarını da izlemek şansına sahip oldum. Bugün genç nesil, ne yazıktır ki bunları hiç göremedi, izleyemedi ve doğal olarak kim olduklarını bile bilmiyor...

Cüneyt Gökçer, Müşfik Kenter, Yalın Tolga, Sadrettin Kılıç, Erol Kardeseci, Baykal Saran, Çetin Tekindor, Yıldız Kenter, Macide Tanır, Işık Yenersu, Erkan Yücel, Alev Sezer şu anda aklıma gelen çok çok büyük oyuncular. Yaşayanlara sağlık ve mutluluk, vefat edenlere ise rahmet diliyorum. İzlediğim, oynadığım hepsinden çok şey öğrendim. Charlie Chaplin ve Robin Williams benim gözümde hep zirvede kaldılar... Hâlâ onların yerini dolduracak kadar büyük bir oyuncu olduğunu sanmıyorum.

55 yaşına gelmiş bir oyuncu olarak ülkemde tek bir oyuncuya "imparator" dedim.

Üzülüyorsun, takma diyorlar...
Kızıyorsun, değmez diyorlar...
Susuyorsun, iki çift laf et diyorlar...
Konuşuyorsun, muhatap olma diyorlar...
Çekip gidiyorsun, mücadele et diyorlar...
Alttan alıyorsun, tepene çıkardın diyorlar...
Bağırıyorsun, sakin ol diyorlar...
Aklı başında davranıyorsun, bu kadar uslu olunmaz diyorlar...
Dikine gidiyorsun, yaşına başına yakışmaz diyorlar...
Ölünce ne diyecekler?
Muhtemelen ölüm sana yakışmadı...
Normal tabii... Dirimizi beğenmediler...
Ölümüzü mü beğensinler...

Müşfik Kenter

İşte böyle yazmıştı İmparator Müşfik Kenter...

Cumhuriyet Türkiyesi'nin gelmiş geçmiş en büyük aktörüydü Müşfik Kenter.

Hayatı boyunca ne oynarsa oynasın tadına doyulmaz muhteşem resitaller sergilemiş bir büyük aktördü o... Tiyatro kültürü ve zevki olan izleyiciler onun ölümünün ardından ikiye ayrıldı.

Müşfik Kenter'i sahnede izlemiş olan şanslı insanlar ve ne yazık ki bu şansı elde edemeyenler. Müşfik Kenter 1932 yılında doğdu, 2012 yılında aramızdan ayrıldı. 60 yıllık kariyerinde oyunculuğun yanı sıra yönetmen ve öğretmenlik de yaptı. Çok kıymetli oyuncuların yetişmesine vesile oldu.

Diplomat Ahmet Naci Kenter ve Olga Cynthia'nın oğlu, tiyatromuzun divası Yıldız Kenter'in kardeşiydi...

1950-55 tarihlerinde ablasının yönlendirmesiyle Ankara Devlet Konservatuvarı'na girdi. Olağanüstü yakışıklılığının yanında yetenekli, kıymetli bir mücevherdi. İngilizlerin usta aktörleri Alec Guinness, John Gielgud ya da Laurence Olivier'dan bile fersah fersah üstündü. Onlar gibi "sir" unvanına sahip değildi belki ama oyunculuk mesleğini muhteşem İngilizcesiyle orada yapsaydı, ana kraliçe ona kim bilir hangi nişanı takardı...

Tiyatro oyunları, radyo tiyatroları, diziler, sinema filmleri, reklam dublajları, konuştuğu çizgi filmler... Hepsinde eşsiz lezzetler bıraktı Müşfik Kenter. Zaman geldi "Alf" oldu... Zaman geldi, *Tom ve Jerry*'nin huysuz kedisi oldu. Zaman geldi, çamaşır makinesine can verdi sesiyle.

O muhteşem yetenekleriyle genç yaşta vefat eden Orhan Veli'yi şiirleriyle sahneye taşıdı. Ona yeniden hayat verdi. O şiirler kaset oldu, LP oldu... Hayatında hiç Orhan Veli okumamış insanlara bile onu sevdirdi.

1960-61 yıllarında sevgili ablası, öğretmeni, can yoldaşı Yıldız Kenter'le beraber özel tiyatro yapmaya karar veriyorlar... Kenterler Tiyatrosu kuruluyor ama hangi oyunla başlayacaklar, bir türlü karar veremiyorlar. Müşfik Hoca sürekli klasik oynamaktan sıkılmış. İstiyor ki çağdaş Amerikan ya da İngiliz oyunu olsun.

Uzun araştırmalardan sonra *Hamlet* yapmaya karar veriyorlar. Hoca biraz mutsuz ama olsun, ne yapalım... Ablası, öğretmeni öyle uygun görmüş, öyle olacak tabii... Bir süre İstanbul'da oynuyorlar. Derken Diyarbakır'dan turne teklifi geliyor, dört gün oynayacaklar.

YILDIZ KENTER

Müşfik Hoca önce itiraz ediyor, "*Hamlet*, Diyarbakır seyircisine ağır gelebilir, oyundan sıkılabilirler," diyor. Ama biletler hemen tükeniyor. Üstelik yoğun talep üzerine turne bir haftaya uzuyor. Diyarbakır'da bütün oyunlarını dolu salonda müthiş bir beğeniyle sergiliyorlar.

Yıldız Kenter diyor ki: "Gördün mü caniko?.. Oyun iyi olursa seyirci her yerde gelir ve hakkını verir..."

Tabii o devirde valiler, belediye başkanları, velhasıl tüm mülki amirlerde sanat sevgisi olduğu için hiç yalnız bırakmıyorlar. Son oyundan sonra Diyarbakır'da teşekkür mahiyetinde bir resepsiyon veriyorlar. Tebrikler, teşekkürler faslı devam ederken Diyarbakırlı bir vatandaş Müşfik Hoca'nın yanına gidiyor, elini tutuyor: "Vallah sene helal olsun... Çok yaman adamsan... Ben bu oyunun her akşamına bilet aldım, hepsini izlemişem..."

Müşfik Hoca şaşırıyor tabii...

"Eee peki bütün oyunları izledin tamam da... Söyle bakalım oyundan ne anladın?" diye soruyor.

"Anlamayacak ne var ağam? Bildiğin gan davası?" diyor sanatsever Diyarbakırlı.

Müşfik Kenter çok sıra dışı bir virtüözdü. Sahneye çıkıp eline İstanbul telefon rehberini alsa ve onları okusa... Nefes almadan kendisini izlettirecek kadar büyük oyuncuydu.

Sahnede oynarken elini kolunu nereye koyacağını bilmeyen ve trafik polisi gibi sallayan oyunculara her daim fırçasını atardı. Kral ya da kraliçe oynuyorum diye kendini kasanlara kızardı.

"Kral ya da kraliçe bile olsanız, insan olduğunuzu unutmamalısınız, unutursanız kasılmaktan bir bok oynayamazsınız," derdi büyük imparator.

Üşüdüğümüzde camı kapatmak kadar kolay olsaydı keşke,

Sevilmediğimizi anladığımızda o kişiye yüreğimizi kapatmak...

İşte böyle demişti Müşfik Kenter...

Ama o gerçek bir imparatordu...

Onu sevmeyen hiç olmadı ki...

MÜŞFİK KENTER, SEVMEK ZAMANI FİLMİNDE

GANİTA...

ZAFER ALGÖZ

Hayatımda ilk defa denizi Trabzon'da gördüm. Babam Erzurumlu bir dadaş, anam Kars doğumlu Kafkas kızı... Peder beyin çocukluğu, gençliği İstanbul'da geçmiş. Kars'ta eski adı YSE (Yol-Su-Elektrik) olan devlet kurumunda müdürken evlenmişler. Sonra bir gün babam Trabzon'u görmüş, çok sevmiş ve tayin istemiş. Otobüsle Trabzon'a geldik. 5-6 yaşlarımda, tıfıl sarı kafalı bir çocuğum o zaman. Akçaabat denen bir yere götürdüler bizi. Yol boyunca sağ tarafımızda uçsuz bucaksız kara bir su. İnsan çocukken ne salak sorular soruyor.

"O ne?.. Bu ne?.. Baba bu büyük su ne?"

Babam da sabırla cevap veriyor sorularıma: "Karadeniz onun adı oğlum, Türkiye'nin en hırçın denizi. Burada yüzen her yerde yüzer..."

Vaaay bee! dedim içimden. İçimde tuhaf bir hüzün, çünkü yüzme bilmiyorum. Bizi karşılamaya gelenlerle denize sıfır bir yerde yemek yedik. Gittim lokantanın küçük iskelesine, avucumu suya soktum. Denizin tuzlu olduğunu bilmediğim için tadına bakayım diye içtim. Herkes halime kahkahalarla gülmüştü, dün gibi hatırlıyorum. Yemekten sonra yeni evimize gitmek üzere yola çıktık. Bu kez deniz sol tarafımızda kaldı. Sağ tarafımız ise cennet... Yeşilin neredeyse yüz çeşidi var.

Düşünün 1965-66 yıllarındaki Trabzon'dan söz ediyorum. Hep sahil yolundan devam ettik ve sonunda mahallemize geldik. Ev sahibimiz şahane bir adam. Meydan Camii'nin efsane hocası Cafer Aydın Hoca. Bizi kapıda karşıladılar. Bir evden içeri girdik, 3. kata çıktık. Evden dışarı baktım, nutkum tutuldu. Karadeniz uçsuz bucaksız önümüzde, ufka doğru uzuyor. Sağ tarafta kayalık bir yer var. İnsanlar koşarak kayalıklardan denize balıklama atlıyor, yüzen çocuklar falan var.

"Oraya gidelim ne olur?" diyorum. Cafer Hoca gülüyor halime ve anlatıyor:

"Oraya Ganita derler. Hepimiz yüzmeyi orada öğrendik ama tehlikelidir. Yanında büyüklerin olmadan sakın tek başına gitme."

Sabahı zor ettim. Gece arada heyecandan kalkıp baktım. Evet rüya değilmiş. Demek Karadeniz bu... Ganita kayalıklarının üstünde askeri garnizon varmış, söylemeyi unutmuşlar; sabah öğrendik. Kayalıkların üstünden sabah çok erken vakitte ve gece olunca muhteşem bir trompet sesi geliyor. Her haltı merak eden çocuk kafasıyla devamlı soruyorum tabii...

"Çaldığı ne?"

"Trompet oğlum..."

"Peki çaldığı şarkı ne?"

Babam hep sabırla bilgilendiriyor beni.

"Adını bilmiyorum ama *İnsanlar Yaşadıkça* diye bir film var, onun müziğini çalıyorlar..."

Sonunda benden biraz daha büyük bir çocuğu yanıma verdiler, "Şunu Ganita'ya götür abisi," diyerek. Sahilden koşa koşa gittik kayalıklara. Yukarıda bir mağara, çok yükseklerden kayaların üstünden kamikaze gibi suya dalan abiler... Aşağılarda benim yaşlarımda olup donla denize girenler. Hatta yaşı benden küçük, sümüklerini çekerek kayalıkların üstünde ısınmaya çalışan donsuz küçükler bile var.

Gittik abilerimizi seyrediyoruz. Nasıl atlıyorlar, nasıl yüzebiliyorlar diye bakıyoruz. İçim içimi yiyor. Cesaretimi topladım, birine söyledim öğretir misin diye. Kayalıklara giden birazdan gelir öğretiriz... Mayo falan yok, herkes gibi donla denize gireceğiz. Ben hazırlandım. Diğer çocuğun yaşı benden büyük ama ödü kopuyor. Ben sonra öğrenirim falan diye kıvırtıyor.

"Gel bakayım uşağum," dedi Ganitalı abi.

"Gorkma el ele atlıycaz bana güven, ben seni suda bırakmam. Hazır mısın?"

Hazır ne demek, öğrenemezsem ölürüm...

"Hooop!.." 6 metreden çivileme denize atladık. 2 dakika içinde suyun üstünde batmadan durma, dinlenme, köpekleme yüzme stili, sırtüstü suda yatma, dinlenme, sırtüstü yüzme... Toplamda 20 dakika içinde 1 yıllık yüzme eğitimi, hem de sevabına. İstanbul'da millet çocukları yüzme öğrenebilsin diye ne paralar ödüyor değil mi? Artık 2. saatin sonunda tek başıma atlıyorum. Kısa bir tur yapıp tekrar çıkıyorum ve atlıyorum hiç bıkmadan. Tırsak çocuğa bakıyorum.

"Hadi artık gidelim, evden merak ederler," diyor.

Onun da içi gidiyor ama ne yapsın cesareti yok. Daha fazla üzülmesin ve "kıskandinavya sendromu" yaşamasın diye "peki" diyorum. Çıkalım çıkmasına ama ıslak donla eve gidersek kıyamet kopar, ne yapacağız? Mağarada abiler ateş yakmışlar... Paslı bir teneke üzerinde bir şeyler pişiriyorlar. Avuç içi büyüklüğünde dev gibi midyeler pişiriliyor. Nar gibi kızarınca kabukları açılıyor. İçindeki yumurta sarısı gibi şeyi çıkarıyorlar, üstüne tuz, limon, karabiber, hoop ekmek arasına koy ve yumul... Şimdi nerede öyle midye? (Yazarken ağzım sulandı.) İsteyenlere ekmek arası hamsi bile var... Ben affeder miyim, ikisinden de yedim. İnsan denize âşık olursa, ondan gelen nimet yenmez mi hiç? Önce suyunu sıkıp sonra da taşlara vura vura güneşte kuruttuğum donumu bir kuytuda giydim ve evin yolunu tuttum. Evde bizimkiler yüzümdeki ve vücudumdaki tuz parçacıklarından hemen duruma uyandılar tabii... Annemin tansiyonu yükseldi. Babam birden ciddileşti.

"Ulan senin mayon yok, denize nasıl girdin?" dedi.

"Kendi donumla girdim, sonra da taşlara vura vura kuruttum."

Neyse ki babam hemen yumuşadı. "Eee peki seni emanet ettiğimiz çocuk ne yaptı?" diye sordu.

"Onun denize girmeye maçası yemedi ama midyeyi de hamsiyi de afiyetle yedi," dedim.

Trabzon'da tam 5 yıl kaldık. İlkokulu Dumlupınar İlkokulu'nda okudum. Trabzon ve Ganita sayesinde muhteşem bir çocukluk yaşadım. Sonbaharda ve kışta bile denize girenleri hatırlıyorum. Mahallenin abileri sahilden 50-60 metre uzağa giderler ve sığ kayalıklarda büyük dalga beklerlerdi. En yüksek dalganın önüne mızrak gibi kendilerini atarlar ve sahile vururlardı kendilerini... Daha amatör olanlar ise soba tahtası gibi bir şeyi göğüslerinin altına koyar, onunla kayarlardı. Buna kendi aralarında "fiya kaymak" derlerdi. Yıllar yıllar sonra insanların sörf tahtalarıyla bunu spor olarak yaptığını gördüğümde, "Yahu ben bunu Trabzon'da çocukluğumda görmüştüm," dedim.

Sabahları balıkçılar bizim kıyıya yanaşıp uzun uzun korna çalardı. Satmak için değil haa... Bedavadan hamsi ikramı... O kadar çok hamsi tutuluyordu ki... Hale gitmeden mahalleliye tencerelerle, tepsilerle, kovalarla balık verirlerdi.

İlk görüşte aşk böyle oluyormuş demek ki...

Hayatımda ilk defa denizi Trabzon'da gördüm, ilk defa denize orada girdim. Deniz mutfağının lezzetini ilk defa orada damağıma kazıdım.

Zigana Vadisi, Hamsiköy, Sümela... Dünyanın hiçbir yerinde göremeyeceğiniz çiçek türleri ve yeşilin hemen her tonu... Devam et sahilden; Rize, Artvin... Sınıra kadar... Sınıra kadar dediysek o kadar da değil. Sarp Kapısı'ndan sonra yeşil oranı bizden daha fazla. Dön batıya doğru; Ordu, Giresin, Samsun... Velhasıl bütün Karadeniz bereketli toprak. Çok yağış alan toprağa tohum mu ekmek değerli, yoksa binalar dikmek mi? Zaten son 20 yılda inşaat, şantiye, dozer, kamyon görmekten bıktık. Yapmayın sevgili büyüklerim, Karadeniz'in yola, inşaata ihtiyacı yok... Karadeniz'in güzelliğine taş koymayın. Yaylaları geniş yollarla birleştirmek, oraya daha çok araba gelmesi demek. Devamında orman evler, oteller, moteller, siteler, çöpler demek... Buralarda yaylalar arası motokros yarışları demek. Bu pislikten ve gürültüden çiçeklerin, böceklerin ölmesi demek...

Karadeniz'in yaylaları için kararlar verilirken, Havva Ana gibi toprağına aşkla bağlanan insanlarımızın hassasiyetlerini dinlemeden torunları yaşındaki jandarmalarla yerlerde sürüklemek yakışmıyor... Zaten dünyanın bakir kalmış alanlarına yatırımcılar hemen çökmek derdinde, onu biliyoruz... Ama bir yerin bakir kalması oranın sahipsiz olduğu anlamına gelmez. Havva Ana gibi kendi toprağına, kendi doğasına sahip çıkan, mücadele eden insanları görünce çocukluğum geldi aklıma; yaylalar, vadiler geldi, Sümela geldi, Ganita geldi. Trabzon geldi... Ama bir gün Karadeniz'in kendini korumak için Karadeniz çoğunluklu ticarete ve siyasete karşı mücadele etmek zorunda kalacağı, doğrusu hiç aklıma gelmemişti...

ZIRTÇILAR

Mitomani için şöyle bir tanım var: "Kişinin sürekli yalan söylemesi ve en nihayet kendi uydurduğu yalanlara inanma hali." Oysa zırtçılık öyle değil. Özellikle Anadolu'da zırtçılık geleneğini hâlâ devam ettiren büyük ustalar var. Zırtçılar sürekli yalan söylemezler. Onlar birer hikâye ustası ve doğal olarak meddahlık geleneğini devam ettiren, ne olursa olsun nesillerinin korunması gereken mahallelerin *stand-up* virtüözleridir.

Zırtçılar istikrarlıdır. Öylesine bir devamlılık vardır ki, aradan yıllar geçse de senaryolarda hiçbir zaman sapma olmaz. Sanki ilk defa anlatıyorlarmış gibi ballandıra ballandıra gösterilerini yaparlar. Aslında dinleyiciler hikâyenin yalan olduğunu bilirler. Çoğu zaman zırtçının daha da havaya girmesi için ufak tefek hatırlatmalar ve nidalarla onu havaya sokarlar. Zırtçıların gösterisi neredeyse bedavaya gelir. Mahalle kahvelerinde ısmarlanan bir bardak çay ya da meyhanede bir duble rakı kâfidir.

Bu zırtçıların hepsi bir geleneği temsil eder. En meşhuru Malatyalı Havlucu Memet'tir. Havlucu Memet'in kendi anlattığına göre, Kurtuluş Savaşımızın kazanılmasında en büyük pay ona aittir. Savaşta kan gövdeyi götürmektedir. Asker neredeyse dağılmak üzeredir. Memet, Kemal Paşa'yı ve İsmet Paşa'yı arar ama ikisi de ortada yoktur. Sonunda İsmet Paşa'nın yaveri gelir ve Memet'e yerlerini söyler. İkisi de çadırdadır. Havlucu Memet hışımla çadıra girer... Bir de ne görsün, Kemal Paşa ve İsmet Paşa birer kahve söylemişler ve kıran kırana tavla oynamaktalar. Memet bu duruma çok içerlemiştir.

"Ola hele bene bahın... Size diyrem... Ola Kemal... Ola İsmeeet!.. Yazıklar olsun... Dışarda eskerin götüne kıran giriy... Siz gelmiş burda tevle oynirsiz... Ayıp değil mi?.."

Havlucu Memet'ten böyle bir çıkış beklemiyorlar tabii... Burada dinleyiciler hemen Havlucu Memet'i gaza getiriyor.

"Eee sen böyle diyince onlar ne yaptı Memet emmi?"

"Ne yapacaklar oğlum, İsmet Malatyalı hemşerim, utancından kafasını önüne eğdi, zarlar elinde elece galdı. Kemal Paşa da benden böyle bir şey beklemirdi... Önce kafasını kaldırdı, mavi gözleriyle çakmak çakmak baktı. Sonra bir hışımla çadırdan çıktı. Biz de İsmet'le beraber arkasından seğirttik. Bir de ne göraǧh elini çenesinin altına goydi... Kocatepe'de elece galdı. İşte o meşhur fotoğraf o dakka çekildi..."

Sökeli Ali Dayı ise başka bir âlem. Söke'deyken buna haber geliyor:

"Kemal Paşa, 'İzmir'de Yunan'ı denize döküyorum, Ali'ye haber edin hemen gelsin.'"

"Atladım benim kıratıma Bornova tarafından İzmir'e girdim. Ortalık toz duman... Alsancak'ta Kemal Paşa'ya yetiştim, almış eline gılıncı Yunan'ı denize döke döke Konak'a doğru gidiyor. Vardım yanına, paşam sen çok yoruldun ver şu gılıncı bana biraz da ben denize dökeyim... Doğru diyon Ali diyerekten terini sildi, verdi gılıncını bana... Yunanı döke döke sonunda Konak İskelesi'ne kadar vardım. En son tek bir Yunan kalmıştı. Tam onu da denize dökeceem... Gılıncı havaya kaldırdım. Yunan bana dedi ki: 'Dur Ali Dayı... Kemeraltı'nda saklı iki küp altınım var. Onları sana verem ne olur beni denize dökme!'"

İşte hemen burada seyircilerin zırtçıya pas vermesi gerekiyor:

"Eee ne yaptın Ali Dayı? Alıverseydin iki küp altını bari..."

"Alır mıyım uleen... Gılıç zati havada bekliyor. Anayın arvadın sikerim senin diyerekten bir indirdim. Zati o dakkada İzmir'de tek bir düşman galmadı..."

Erzurumlu berber Deli Şamil ise başka bir hikâye ustası... Sabah erkenden dükkânı açıyor. Bir müşteri geliyor, sakal tıraşı olacak adam. Kendi kendine diyor ki: "Ulan ben bu kara derili herifi bir yerden tanıram emme ecep nereden taniram?"

Adamın suratını köpürtürken ilk gelen müşteriyi tanıyor sonunda. Bir bakıyor ki bu gelen Uganda Devlet Başkanı İdi Amin.

Çırağına diyor ki: "Sen köpürtmeye devam et ben hemen gelirem..."

Koşa koşa kahvedekilere haber ediyor: "Ulan koşun İdi Amin benim tükâna tıraş olmaya geldi... Koşarak kahvedekilerle berbere dalıyorlar, ama ortada kimse yok. Eee Şamil Ağa, nerede peki İdi Amin?"

"Gardaş bu İdi Amin benim gidişimden huylanmış, gaçmış getmiş... O arada demek karnı açtı ki, bizim çırağı da yemiş..."

Oğlanın kemikleri berber koltuğunda yığılıydi...

Gençlik yıllarımızda benim tanık olduğum ve birçok gösterisini izlediğim zırtçılardan biri de "Kıymalı" lakabıyla tanınan büyük bir ustaydı. Zamanında Libya'ya işçi olarak gidip şantiyelerde çalıştığını hepimiz bilirdik, ama o ısrarla Kaddafi'nin en yakın koruması olduğunu söylerdi. Kaddafi'nin 7 katlı jumbo jeti varmış. 6. katında ise Kıymalı kalıyormuş. Sürekli sağ omzunda iki adet keleş taşıdığı için kireçlenme olmuş ve İnegöl Termal Kaplıcalarında tedavi görsün diye izinli göndermişler. Etrafında daire olurduk ve devamlı anlatsın diye çay, sigara ve kahveye boğardık Kıymalı'yı.

1950'li yıllarda koca Marmara Denizi buz tuttuğunda Yalova'dan taaa Kabataş'a kadar at sırtında nasıl doludizgin gittiğini ise "daimi yancı" kontenjanından Arap Şükrü Meyhanesi'nde ballandıra ballandıra anlattırır, birbirimize vura vura yerlere yatardık.

İstanbul'un en meşhur zırtçılarından biri de Kuzguncuklu Köşk Emin'di. Uğur Yücel zamanında tek kişilik gösteriler yaparken onu meşhur etti. Evinin 3. katında cumbadan zürafaları elma ve armutla beslemesi bir yana, en büyük performansı Adalar açığına kadar gelen dev bir balinayı bertaraf etmesiyle meşhurdu.

Kuzguncuk'ta kahvede otururken buna haber geliyor: "Abi adaları tek tek sayıyoruz, bir tanesi fazla," diyorlar. Köşk Emin duruma el koyuyor tabii... Kuzguncuk'tan denize atlıyor, yüze yüze Burgaz ve Kınalıada açıklarına geliyor. Bir de ne görsün?.. Çocukların ada sandığı şey, kocaman bir balina.

"Dön ulan bir sakatlık çıkacak, mahalleli senden korkuyor. Hemen burayı terk et yoksa harbiden seni fena yaparım!" diyor. Alnını balinanın çenesine dayıyor Köşk Emin. Balina çok sinirleniyor. Kafasından fıskiye gibi yükseklere su püskürtüyor. Aklı sıra Köşk Emin'e posta koyuyor. Emin delikanlı çocuk. Fabrikası Emin'den bir adet üretmiş, üstelik geri vitesi falan yok... Sağ başparmağını balinanın su püskürttüğü deliğe sokuyor, hayvana bir kafa çakıyor... Balina orada beyin cacıklamasından ölüyor. Yanında çeke çeke getirdiği uzun ipi hayvanın kuyruğuna bağlıyor, mahalleye kadar yüzüyor.

"Balinayı ben öldürdüm, bari karaya kadar çekmeyi de siz yapın..."

Balinayı Kuzguncuk'a kadar çekiyorlar. Tam 1 ay boyunca mahallede balina tava, balina buğulama, balina şiş, hatta kemiklerinden balina çorbası bile yapıyorlar. Ama Köşk Emin kendi yakaladığı balinadan bir tike olsun yemiyor.

"Baba rejimdeyim, kız istemeye gideceğiz, kendime bakmam lazım," diyor.

Yaşadığımız dünyada siyasetten spora kadar herkes öylesine sallıyor ki, zırtçılar giderek bu işler bizi aşar düşüncesiyle kendilerini geriye çektiler. Küçük kahvelerde az da olsa faaliyetlerine devam edenler var...

Eğer bir yerde onları görürseniz gidin hikâyelerini dinleyin. Neticede size maliyeti de bir bardak çay ya da bir duble rakıdır. Zırtçılardan değil, yalancılardan korkun...

TELEVİZYON SAVAŞLARI

EFSANE TELEVİZYON NORDMENDE

Evde ailece akşam yemeğindeyiz. Babam dedi ki: "Yarın size bir sürprizim var. Aslında söylemeyecektim, ama dayanamadım. Yarın eve televizyon geliyor..."

Ben ve kız kardeşlerim sevinçten haykırdık. Rahmetli anneannem hiçbir şey anlamadı. Nasıl anlasın, iki harp görmüş Erzurumlu Düriye Hanım.

"O nedir oğul?" dedi.

Babam daha net anlasın diye: "Anacığım, hani radyo var ya sadece sesleri duyduğun, şimdi onun görüntülüsünü yaptılar. Radyoda dinlediğin Mükerrem Kemertaş'ı, çok sevdiğin Müzeyyen Senar'ı canlı göreceksin..." diyerek aydınlattı Düriye Hanım'ı.

Evde bir mutluluk rüzgârı esti tabii... Anneannemin bu işe pek aklı yatmadı. Biz de sanki çok anlıyormuşuz gibi elimizden geldiği kadar küçük bir bilgilendirme semineri yaptık. Heyecandan ölüyoruz, geceyi zor bitirdik. Ertesi gün, öğlene doğru Anadol kamyonetin arkasında koca bir kutuyu iki adam merdivenlerden çıkardı. Elektronik becerisi olan dayımın oğlu Ertuğrul yukarıya bir sürü kablo, boru, anten parçası gibi malzemeleri taşıdı. Adamlar kutuyu salonun ortasına bıraktılar.

"Hayırlı olsun," diyerek bahşişi kapıp gittiler.

İlk kavga nereye koyacağız meselesi yüzünden çıktı.

Sonunda babam dedi ki: "Misafir odasına koyacağız, çocuk oyuncağı değil bu..."

O devirde misafir odası diye bir şey vardı. Çocuklara kapalı, sadece misafir geldiğinde açılan bir nevi protokol odası işte. Koltuklar eskimesin diye üzerinde örtüler, şekerlikler, hatta sigara ikram kutumuz bile vardı. Kapağında seramikten yapılmış gelin-damat vardı ve kapağını açtığınızda evlilik marşı çalar, onlar devamlı dönerdi. Misafire devamlı sigara ikram edilirdi, sanki çok faydalıymış gibi.

Kutudaki markayı hepimiz beynimize kazıdık: NORDMENDE...

Babam dedi ki: "Alman yaptı mı en iyisini yapar. Bu en iyisi..."

Köşedeki büyük sehpanın üstüne özenle taşıdık. Anneannem arada gidip geliyor. Çok heyecanlı, devamlı dualar ediyor. Becerikli dayımın oğlu ince boruları ustalıkla monte etti.

Oldu mu sana koskoca anten. Sonra alet çantasını bana verdi, anteni de alıp daha kalın boruları tek tek taşıyarak çatıya çıktık. Kalın borular birer kelepçeyle eklenince 3-4 metrelik boyuta ulaştı. Ucuna anteni taktık. Uzun beyaz kabloyu çatıdan aşağıya doğru sarkıttık. Bizimkiler pencereden aldı. Aşağı indik, anten ve elektrik bağlantısı kuruldu. Elektrik gücü yeterli olmadığı için adaptör gibi bir şey eklendi.

Vee beklenen an geldi...

"Açılışı sen yap enişte," dedi dayımın oğlu.

Anneannemin dualarıyla babam düğmeye bastı. Bekliyoruz, görüntü yok. Meğer ısınması gerekiyormuş, tıpkı radyo gibi. Derken önce ses, sonra da görüntü geldi. Fonda TRT yazıyor. Bir kadın ve bir erkek haberleri sunuyor, şaşkınlık, mutluluk, sevinç çığlıkları, alkışlar birbirine karıştı. Her türlü duygu yaşandı. Annem ve anneannem birbirlerine sarılıp mutluluktan ağladılar... Babam hemen ön bir uyarıda bulundu: "Köşedeki düğme kilittir, onu çıkarınca açılmaz. Sakın cama elinizle dokunmayın, çalışır haldeyken sakın camı ıslak bezle silmeyin, yoksa bomba gibi patlar ona göre haa..."

Güzeeell, sanki eve kardeş geldi.

"Gerçi haftada 3-4 gün ve 3-5 saat yayın var, ama sonra her gün olacak," dedi babam.

Televizyon aldığımızı duyan ne kadar komşu ve akraba varsa yayın günlerinde bizim evdeler. Evin kapı önü cami avlusu gibi, ayakkabılardan içeri girmeye imkân yok. Babam her gelene sanki Nordmende firmasının satış müdürüymüş gibi brifing veriyor hiç bıkmadan ve usanmadan.

İlerleyen zamanlarda yayın günleri ve saatleri arttıkça, herkes televizyon almaya başladı. Damlarda uzun uzun antenler boy gösterdi. Amcamlar SCHAUB LORENZ, dayımlar GRUNDIG, teyzemler BLAUPUNKT sahibi oldu. Kimin evine gitsek büyük münakaşalar çıkıyor. Kalpler kırılıyor. Kimse kendi malına laf ettirmiyor. Görüntünün daha net ve cam gibi olduğunu iddia ediyor.

O devirde rating savaşları yok ama televizyon savaşları yaşanıyor... Dayımlar diyor ki: "Bizim Grundig şahane, açar açmaz görüntü geliyor, beklemiyoruz. Üstelik bunun mavi noktası var..."

"Yahu Blaupunkt zaten mavi nokta demek," diyoruz.

Teyzemin kocası Kolombo Hamza hepimize fırça atıyor: "Hayır o başka bir özellik, Alman buna durup dururken mavi nokta demez, kesinlikle kimsede olmayan bir özelliği var televizyonun..."

Sesler yükseliyor, kalpler kırılıyor, neredeyse evden kovacak, o derece yani... Herkes televizyonuna evlat muamelesi yapıyor. Amcamlar üstüne dantel koydu, teyzemler nazar boncuğu taktı. Bazen topluca bir şey seyrediyoruz. En heyecanlı yerinde teyzemin kocası Hamza Bey çaat diye televizyonu kapatıyor.

"Aaa ne oldu yaa?" diyoruz.

"Çok ısındı evladım, biraz bekleyelim soğusun," diyor.

Öyle böyle değil, evlerde televizyon izleme partileri veriliyor. Yeni televizyon alana hayırlı olsun ziyaretleri yapılıyor. TRT frekans amblemiyle başlıyoruz, sonunda askerlerin Anıtkabir'de bayrak töreni, "İstiklal Marşı" ve hemen ardından "Televizyonunuzu kapatmayı unutmayınız" yazısına ve hatta sonunda koca ekranın kar taneleri haline gelişine kadar izliyoruz.

Anneannem en çok askerlere üzülüyor.

"Yazık oğlum bu yiğitler her gece bizi bekliyor. Gurban olim bu aslanlara," diye hayıflanıyor.

Zengin ve Yoksul'un oynayacağı gece koca ülkede hayat duruyor. Sokaklarda kedi köpek bile kalmıyor. Kaptan Kusto bizi okyanusların dibine götürüyor. Komiser Kolombo yüzünden teyzemin kocası emekli polis Hamza Bey'in adı, Kolombo Hamza oluyor. Tipi kayık adamlara *Zengin ve Yoksul*'un kötü adamı Falconetti diye lakap takılıyor. *Ka-*

çak'taki Dr. Kimble yakalanmasın diye rahmetli anneannem ne dualar ediyor. Zafer Cilasun, Aytaç Kardüz haberleri sunarken hayranlıkla takip ediliyor. Dayım Aytaç Kardüz'ü çok beğeniyor, ama yengemden korktuğu için açıkça dile getiremiyor. Televizyonda görür görmez nefes almadan izliyor.

"Dayıcığım neredeyse ekrandan içeri gireceksin..." diye takıldığımız zaman, "Evladım bir susun yahu, ajans alıyorum," diye savunmaya geçiyor.

Gecenin sonunda Can Akbel, "Güne Bakış" diye bir haber programı yapıyor. Onun yüzünden Rizeli komşumuz Kel Şevki Bey'in adı "Kele Bakış" oluyor. Haberlerde şimdi olduğu gibi devamlı felaket haberleri yok. Hem ülkeyi hem de dünyayı evimize getiriyor televizyon. Filmler, diziler, konserler, seviyeli ve terbiyeli açık oturumlar, şarkılar, türküler, belgeseller... Neler neler... Kimse evden çıkmak istemiyor.

Sonrasında dayımın oğlu mucit Ertuğrul müthiş bir şey buluyor. Önce kendi antenlerine alüminyum tencere kapağı vidalıyor. Eve gidip yerinde tespit yaptık. Bir de baktık ki: Oooo görüntü müthiş... Gerçekten cam gibi, en ufak karlanma yok. Sonrasında bütün sülaleye, ardından mahalleye ve devamında ülkeye bir moda gibi yayılıyor. Alüminyum tencere kapağı satanlar öyle böyle değil, çok para kazanmaya başladılar bu sayede. Hâlâ dayıoğlu aklına geldikçe bu duruma hayıflanıyor. "Keşke şunun patentini alsaydım" diye. Ondan sonra siyah-beyaz televizyonları renkli hale getiren cam çıktı piyasaya ama fazla tutmadı. Gökkuşağının tüm renkleri var, ama neye yarar... Şakir Öner Günhan, "Deli deli kalabalık yerdesin" türküsünü söylüyor. Ayakları açık mavi, gövdesi sarı, saçları kırmızı görünüyor. Seyit Al, Azeri türküsü söylüyor, bıyığının yarısı kırmızı, yarısı yeşil oluyor.

Televizyon hem bilgilendiriyor hem de eğlendiriyor. Özellikle rahmetli İsmail Cem'in genel müdürlüğünde devletin televizyonu BBC kalitesinde yayın yapıyor. Terbiye, nezaket, saygı, bilgi, görgü dolu altın yıllar...

Evet, televizyonlar o zamanlar siyah-beyazdı ama hayatlar güzel, renkli ve samimiydi...

Keşke yine televizyonlar siyah-beyaz olsa... Ama bizler yine o renkli yıllara dönsek diyorum. Herkes ister mi bilemiyorum... Ben çok özlüyorum...

HERR MOZART ONURUNA

SARAYDA İZMİR KÖFTE...

AMADEUS OYUNUNDAN BİR SAHNE

Peter Shaffer'in muhteşem oyunu *Amadeus*'u tiyatro sahnesinde izlemiş olanlar elbette fazla değildir. Ama aynı tekstin sinemaya uyarlanmış versiyonunu çoğu sinemasever hatırlayacaktır. Miloš Forman'ın yönettiği dünyanın en büyük müzik dehası Wolfgang Amadeus Mozart'ın hayatını anlatan nefis film...

2000'li yıllarda Can Gürzap sahneye koyduğunda AKM Büyük Salon'da Mozart'ı naçizane ben de oynamıştım. Ama bu şahane oyun ilk defa 1980'li yıllarda Yücel Erten rejisiyle oynanmıştı. *Amadeus*'u Devlet Tiyatrolarının harika çocuğu rahmetli Alev Sezer, can düşmanı ama en büyük hayranı Antonio Salieri'yi Can Gürzap... Ve hikâyemizin kahramanı, üstadımız, pirimiz Nur Subaşı ise Avusturya imparatorunu oynuyordu o yıllarda. Şimdi yerinde dev bir inşaat çukuru olan Taksim Venüs Sahnesi'nde kapalı gişe oynanıyordu oyun.

Sezon başında her şey gayet güzel giderken, birden başlarına bir inşaat belası çöküyor. Venüs Sahnesi'nin sahibi Fahrettin Aslan binayı Devlet Tiyatrosu'na kiralamış. Aynı zamanda Maksim Gazinosu'nun da sahibi. Maksim Gazinosu sezona yetişsin diye neredeyse 3 vardiya *non-stop* inşaata devam ediyor. Oyun sırasında çok zaman Mozart'ın eşsiz bestelerine matkaplar, balyozlar ve çekiç darbeleri de eşlik ediyor... Her defasında inşaat alanına birileri gidiyor. Rica ediyorlar, hiç olmazsa oyun esnasında gürültü olmasın diye... Oynayana da izleyene de yazık oluyor. Velhasıl bu uyarıları bazen dikkate alıyorlar, bazen de hiç sallamıyorlar. Bir gün Avusturya İmparatoru Nur Bey, saraydakilere hitap ederken cümlelerinin arasına matkap sesleri giriyor.

Vıın!.. Vıııın!.. Daaan!.. Duuun!.. Koca imparatora böyle saygısızlık yapılır mı? Olacak şey değil... Neyse diyerek Nur Bey yine imparator rolünün hakkını vermeye çalışıyor. Artık iş öyle bir hale geliyor ki seyirci daha çok matkap sesi duymaya başlıyor.

Nur Bey sahneden çıkmadan önce duruyor ve seyirciye doğru dönerek: "Üüühh!.. Gördüğünüz gibi sarayda inşaat, bütün rezaletiyle devam ediyoorrr..." diye lafı yapıştırıyor. Salonda müthiş bir kahkaha ve ardından alkış kıyamet...

Perde arasında Can Gürzap Hocam bu duruma sinirleniyor ve Nur Bey'e çıkışıyor.

"Yahu koca Avusturya imparatoru seyirciye dönüp sarayda inşaat devam ediyor der mi? İllüzyonu bozma, tuluat yapma Nur Bey!.."

Nur Bey bozuluyor ama lafını esirgemiyor tabii...

"Efendim ortada illüzyon mu kalmış, adamlar neredeyse binayı başımıza yıkıyorlar... O zaman sükûneti sağlayınız efendim."

Bir zaman sonra Maksim Gazinosu açılıyor. Dükkân dolu ama tiyatro da dolu. İki sanatsal aktivite aynı anda devam ediyor. Birinde 4 kişi 16 liraya *Amadeus* izliyor, diğerinde 4 kişi 4000 liraya şarkı dinliyor. Maksim Gazinosu açılınca herkes inşaat gürültüsünden kurtulduk diye seviniyor ama ne mümkün, dertler bitmiyor.

Maksim Gazinosu'nun mutfağı Venüs Sahnesi'nin tam altında. Akşam tiyatroda oyun başladığı anda mutfakta da akşam mönüsü için hazırlıklar başlıyor. Havalandırması tiyatro sahnesinin arka yan duvarına paralel yükselip bacadan çıkıyor ama... Rüzgârın ters estiği durumlarda ya da havalandırma için yapılan dev borunun ek yerlerinden hava kaçırdığı anlarda aşağıda ne pişerse pişsin, hem 460 seyirci hem de oyuncular tahmin edebiliyor... Kesif bir kavrulmuş soğan kokusu, sarımsak, salça, tereyağı, et, balık, tavuk, patates... Artık o gece ne pişiriliyorsa herkes zaten dumanından ve kokusundan ziyadesiyle nasibini alıyor. Yine Devlet Tiyatrosu'ndan gidip rica ediyorlar.

"Kardeşim şu mutfak havalandırmasını yaptırın artık. Kavurduğunuz soğanlar yüzünden seyirci de ağlıyor oyuncular da, böyle rezalet olmaz..."

"Yarın usta gelecek," diyorlar ama kimse gelmiyor. Ustanın baldızı doğum yapmış, 3 güne gelir diyorlar. Ne gelen var ne giden... "Hafta sonu parçalar gelecek, borunun ek yerlerine takılacak," diyorlar. Olmuyor... "Karamürsel'den yeni usta gelecek, bu adam beceremedi," diyorlar. O da geliyor ama değişen bir şey yok. Olmadı yurtdışından uzman gelecek deniyor. Günler, haftalar geçiyor ama mutfaktan gelen kokulu ve dumanlı tecavüz bir türlü engellenemiyor.

Yine gecelerden bir gece, *Amadeus* oynarken, tam da Avusturya İmparatoru Nur Bey müzik dünyasının dehası Wolfgang Amadeus Mozart'a hayranlık dolu methiyeler düzerken... Kel kafasında bukle bukle peruğuyla, hayatında ilk defa giydiği dönem kostümüyleyken ve de tabii beyaz külotlu çorap giyiyor olmanın da getirdiği gerginlikleri yaşarken... Tüm bunlar yetmiyormuş gibi mutfaktan gelen yoğun soğan, salça, biber, patates, kavrulan kıymanın kesif dumanı ve kokusu da genizlere kadar dolunca Avusturya İmparatoru Nur Bey sahnesini güç bela oynuyor. Bütün saray maiyetiyle sahneden çıkarken, birden geri dönüyor ve boru gibi sesiyle gürlüyor: "Herr Wolfgang Amadeus Mozart, imparatorluğum sizin gibi büyük bir sanatçıyı ağırlamaktan onur duyuyor. Sarayda bu gece şenlikler, cümbüşler yapılsın, muhteşemmm sanatçı Amadeus onuruna İzmir köfte pişiriliyooorr..."

Salon yıkılıyor, sahnede oynayanlar da bitiyor. Kahkahalar ve devamında sağlam bir alkış... Kuliste herkes gülerken, Can Gürzap yine fırçaya geliyor.

"Nur Bey, yapma Allah aşkına yaaavv koskoca Avusturya imparatoru, Mozart onuruna sarayda İzmir köfte pişiriliyor der mi yaaavv?.. Sahne illüzyonunu bozuyorsun... Tuluat yapmayın..."

Nur Bey yine lafın altında kalmıyor tabii...

"Efendim, 2 saattir aşağıda ne pişiyorsa seyirci de biz de biliyoruz. Dolayısıyla Salieri de biliyor, Mozart da biliyor... Veee tabiatıyla bu sarayın imparatoru olarak ben de biliyorum... Kimden neyi saklıyoruz? Haa, benim İzmir köftem sizin konsantrasyonunuzu ve illüzyonunuzu bozuyorsa yarından itibaren sarayda Viyana usulü şnitzel pişiriyorlar derim..."

ÇITIK...

MACBETH OYUNUNDAN BİR SAHNE

Tiyatroya yeni başlayanlara ilk olarak şu öğretilir: "Eğer duvara bir tüfek asılıyorsa, oyunda mutlaka patlamalıdır." Burada tabii anlatılmak istenen şudur. Nedensiz, sebepsiz, anlamsız, karşılıksız bir şey yapmayın. Yapacaksanız, sağlam bir zemine oturmalı... Bu aynı zamanda yönetmenler için de büyük bir uyarıdır. Reji yapacağım diye işi iyice anlaşılmaz hale getirmeyin. Amaca uygun olmayan ya da oyuna hizmet etmeyen hiçbir şeyi süs olsun diye sahneye taşımayın. Taşıyorsanız bir anlamı olsun.

Aslında bu kural sinema için de geçerli. Filmin bir sahnesinde silah görünüyorsa, er ya da geç patladığını görüyoruz, öyle değil mi? Sinemada silah patlamazsa kolayı var... Çekimi tekrar yaparsınız, kurusıkıyı doldurur, "degaaww!" diye ateşlersiniz. Ses kaydı olmasa bile üstüne efekti oturtursunuz olur biter, ama canlı performansta patlamazsa küçük bir skandal olur.

Birkaç sene önce televizyonda Avrasya Maratonu'nun açılış törenini izliyoruz. Binlerce atlet *start* yerinde toplanmış, maraton koşmak için *start*'ın verilmesini bekliyorlar. Son konuşmayı kürsüden İstanbul Büyükşehir Belediye Başkanı yapacak. Sunucu onu kürsüye davet etti doğal olarak. Kadir Başkan önce yarışmacı ruhundan, maratonun tarihinden söz ettikten sonra, "Sevgi, dostluk ve kardeşlik getirmesini dilerim... Tüm yarışmacılara başarılar dileyerek, *start*'ı veriyorum," dedikten sonra yarışı başlatacak silahı havaya doğrultup tetiğe asıldı.

"ÇITIK" diye bir ses geldi, silah patlamadı.

Herkes "ne oldu yahu?" şaşkınlığını yaşarken kürsüde duran tören sunucusu durumu kurtarmak için mikrofonu ağzına götürüp, "PAAATT!.." demesin mi?

Neyse ki Kadir Başkan silahı tekrar tetiklediğinde "DEGAAVV!.. diye ses çıkınca yarış başlamıştı. Gerçi silah olmasa bile bir bekçi düdüğüyle bile yarış başlatılır, bir sorun olmaz ama tiyatroda öyle değil işte... Silah patlaması gereken yerde patlarsa dert değil, işler yolunda demektir. Ya patlamazsa? İşte o zaman rezil oldunuz demektir. O yüzden sahnede silah kullananlara tavsiyem, toplu tabanca kullanın... Diğerlerinde mermi kanala sıkışabiliyor ama toplu tabanca 6 mermi aldığı için, ilkinde patlamazsa bile geride 5 şansınız var demektir.

Yıllar önce Roberto Cossa'nın bir oyununu oynuyoruz. Oyunun sonunda kendimi vurup ölmem gerekiyor.

"Toplu tabanca daha iyi olur, tutukluk yapmaz," dedim.

Onlarca oyun oynadık. Her defasında tetiğe tam yerinde dokunuyorum. Kendimi öldürüyorum ve finalde selama çıkıyoruz. Ama bir gün silahımı yastığın altından çıkardım, her zaman olduğu gibi seyirciye arkam dönük silahı ateşledim...

"ÇITIK!" diye bir ses geldi. Olacak şey değil, patlamadı. Çaktırmadan tabancaya baktım içinde tek bir mermi yok... Aksesuvarcımız yılların tecrübesi Refet Dayı mermi koymayı unutmuş. İyi de oyunun bitmesi için bir biçimde ölmem gerekiyor. O anda aklıma başka bir çözüm geldi. Boş silahı kendi kafama vurdum, vurdum. Sonunda bir kalp krizine bağladım ve çırpına çırpına öldüm. Hem de ne ölmek... Yattığım yerde gülmekten öldüm zaten... Selama çıktık, seyirciyle beraber yıkıldık zaten. Gerçi oyun kara komediydi, zorluk derecesi çok yüksek olmayan bir tekstti, idare ettik.

Peki... Shakespeare'in *Macbeth*'ini oyunun sonunda öldüremezsen ne olur? Elbette skandal olur. Oldu da zaten... Kenan Işık, AKM büyük salonda modern bir *Macbeth* rejisi yapmıştı. Oyunun finalinde silahlı adamlar Macbeth'in etrafını sarıyoruz. Macduff ilk kurşunu sıkacak ve hepimiz kanlı katil Macbeth'i yaylım ateşiyle öldüreceğiz. Her zaman olduğu gibi oyunun final sahnesine geldik. Hemen önümüzde hede-hödö koca sahneyi oynadılar. Macbeth mizansen gereği elini silahına attı. Macduff yıldırım hızıyla silahını belinden çekti ve tetiğe asıldı.

"ÇITIK!.." diye ses gelince salonda, seyircide uğultuyla karışık bir dalgalanma oldu. Durumu kurtarmak için öne atıldım. Silahımı çektim, tetiğe asıldım...

"Aaaa?" Bir "ÇITIK" da benden...

Bu kez, 1450 kişilik salondan bir kahkaha koptu. Affedersiniz, tam anlamıyla "göt" oldum. Çaktırmadan silaha baktım. İçi mermi dolu ama kanalda sıkışmış, o yüzden patlamamış. Macbeth çaresizlik içinde, "Hadi artık biriniz vursun da kurtulayım..." diye yalvaran gözlerle gözümüzün içine bakıyor. Birden çalıların içinden toplu tabancası olan bir arkadaşımız durumu kurtarmak için "Haaaayytt!.." diye baltalı ilah Zagor gibi ortaya atladı. Tetiği üst üste çekiyor ama "degaw" yok.

"Çıtık, çıtık, çıtık, çıtık..."

Belli ki silahta mermi yok. Biz bir kere çıtık yaptık rezil olduk... Sen ısrarla ne demeye "çıtık, çıtık, çıtık!" diye yüklenirsin be kardeşim. Salon kahkahadan yıkılıyor... Koca tragedya olmuş komedya ama kimin umurunda. Seyirciye belli etmeden silahıma bir daha baktım. Dikine kanala sıkışmış mermiyi düzeltip mermi kanalına doğru ittim ama ateş edecek cesaretim yok... Yine "çıtık" yaparsa rezil rüsva olmak var sonunda.

Ben aklımdan bunları geçirirken Macbeth sahnenin bir ucundan diğer ucuna "Hadi ulan biriniz bir şekilde öldürün artık" bakışlarıyla volta atıyor. Benim silahı hiç kabzasından çıkarmadan bir daha deneyeyim dedim. Tetiğe bir dokundum... "DEGAAAWW!" diye gürleyince, ben korkudan, Macbeth mutluluktan öldü, hem de ne ölmek... Fırsat bu fırsat diyerek kendini bavul gibi yere bıraktı. Selamdan sonra kuliste bol bol mavrası yapıldı tabii... Defalarca çıtıklayan arkadaşa sorduk:

"Oğlum madem patlamadı, belli ki silah boş... Ne demeye altı defa çıtık çıtık diye asılıyorsun?"

"Abiciğim ben o anda vakit kazanmak derdindeyim. Belki aksesuvarcılar kenardan fark eder de sahneye ip falan atarlar, Macbeth'i boğarak öldürürüz diye düşündüm. Kimse yardıma gelmeyince mecburen çıtıkladım," diyerek kendince makul bir açıklama yaptı. Zaten bu yaşanan skandaldan sonra çocuğun adı aramızda "ÇITIK" olarak kodlandı.

Evet, tiyatro kuramcıları yıllar öncesinden öyle buyurmuşlar. Tiyatro sahnesinde duvarda tüfek asılıysa patlamalıdır... Tamam üstadım onu anladık ama "degaw" yerine "çıtık" olursa, o zaman ne yapacağız? Bari onunla ilgili de 2-3 çözüm bulsaydınız, iyi olmaz mıydı?

FATMA ANA

FATMA GİRİK

Anneme dedim ki: "Fatma Girik diye sorsam, aklına ne geliyor?"

"Ezo Gelin, masmavi gözler, Şişli Belediye Başkanı, Memduh Ün ve erkek gibi kadın... Onun için Erkek Fatma derler..." diye sıraladı.

Fatma Girik ekmek parası uğruna çok küçük yaşlarda çalışmaya başlamış ve sinema sektörüne çocuk denecek yaşta figüranlık yaparak girmiş önemli bir yıldız. Dayımın oğlu ona âşıktı.

2006 senesinde *Hasret* dizisinde onun büyük oğlu Süleyman'ı oynayacağımı söylediğimde, "Ne olur beni de yanına asistan olarak al, geleyim sadece Fato'yu uzaktan göreyim yeter," diye yalvarmıştı.

Onunla ilgili en tatlı anılardan birini Öztürk Serengil anlatmıştı yıllar önce... Beyoğlu'nda bir yapım şirketinde dört kişi bir araya geliyorlar. Kıran kırana barbut oynuyorlar. O sırada kapı çalıyor, açıyorlar, Fatma Girik içeri dalıyor. Onun da Beyoğlu'nda bir işi var, gelmişken yapımcının şirketine de uğrayayım demiş, nereden bilsin ofiste barbut atıldığını.

"Ne yapıyorsunuz ulan burada?" diye soruyor tabii.

Öztürk Abi de elindeki zarları gösteriyor.

"Gördüğün gibi barbut atıyoruz Fatom," diyor.

"Nedir, nasıl oynanıyor?.."

Meraklı olduğu için sorgu sual yoluyla duruma vakıf oluyor tabii...

"Tamam ulan! Ben de oynayacağım," diyor.

Önce şaşırıyorlar ve diyorlar ki: "Bak sonra kaybedersen dört herif beni kumarda ortaya alıp tokatladılar," demeyesin.

Fatma Ablam hiç tereddüt etmiyor.

"Ulan zaten dört erkek bir kadını kandırıp parasını alacak kadar alçaksa, onların kalıbına tüküreyim ben, anlatın kurallarını ben de oynayacağım," diye ısrar ediyor.

Biraz karmaşık da olsa anlatıyorlar. "Barbut 2 zarla oynanır; 1-1, 2-1, 2-2, 4-4 atarsan kaybedersin; 6-6, 6-5, 5-5, 3-3 atarsan kazanırsın. Diğer zarlar boş geçilir, oyuna başlayanın zar üstünlüğü vardır. Kazandıkça atarsın," diyorlar.

"Tamam," diyor Fatma Ana. Zarları eline alıyor ve atıyor... 30 dakika boyunca kimseye el vermeden, yani her attığında kazanarak dört adamın tüm parasını alıyor.

Öztürk Abi, "Ben kumar âleminde böyle şey ne gördüm ne de duydum... Yarım saat içinde dördümüzü de tavuk gibi yoldu ve hepimizi bir kazığa bağlayıp dünya parayı çantasına tıka basa doldurdu ve 'Hadi bakalım kesenize bereket beyler,' diyerek çekip gitti," diye kahkahalarla anlatmıştı. Fato Ana paraları alıp gidince şirketin prodüksiyon amiri olduğu yere çöküyor.

"Abi ben şimdi ne yapacağım, patron bana filme başlayacağız diye o parayı vermişti. Şeytana uydum, yandım ben diyerek ağlamaya başlıyor.

Öztürk Serengil diyor ki: "Bize niye ağlıyorsun oğlum, git yolda yakala Fato'yu. Ağla, yalvar, paranı geri iste, merhamet ederse alırsın emanet paranı geriye."

Adam uçarak Beyoğlu sokaklarına dalıyor, Fato Ana'ya yetişiyor. Yalvar yakar, yemin billah, bir daha kumar oynamayacağım diye çoluk çocuk üstüne yeminler ediyor ve parayı zor kurtarıyor. Fato Ana'ya bu olayı hatırlattığımda, "Evet doğru ama o kadar büyük yeminler ettirmiştim ki, değil barbut atmak, çayına kahvesine tavla bile oynamayacak hale gelmişti adam," diye gülmüştü.

Fatma Girik oyuncu olarak Yeşilçam'ın kıymetli bir orkidesiydi, ama Şişli Belediye Başkanlığı yaptığı dönemde de efsaneydi. Pazarcıları, semt trafiğini kilitledikleri ve etrafta dağ gibi çöp yığını bırakıp gittikleri için defalarca uyarıyor... Ama kimsenin takmadığını görünce pazar yerini kaldırıyor. Ölüm tehditlerine, telefon tacizlerine hiç pabuç bırakmadığı gibi, ruhsatlı çift tabancayı beline takıp, "Gelin ulan!.. Delikanlıysanız ben buradayım!.." diye meydan okumuştu Fato Ana.

Dizi çekimleri sırasında bol bol sohbet fırsatımız oldu. Sette tek bir gün, ne kaprisini gördük ne de şikâyetini...

"Bizim zamanımızda böyle oyuncu karavanı falan yoktu evladım. Eğer açık arazide çalışıyorsak ya minibüslerin içinde soyunup giyindik ya da tahtalardan yapılan kabin gibi bir şey olurdu. Isınmak için mangal koyarlardı. Sonra yıllar geçti, mangalın yerini elektrikli ocak aldı. Benim tek lüksüm bu elektrikli ocak vallahi..." diyerek güldürmüştü herkesi.

İçinde taşıdığı coşku, oyunculuk heyecanı, duygu yoğunluğu, kamera ve ışık bilgisi, sette yarattığı pozitif hava ve lider sorumluluğu inanılmazdı.

Edremit Devlet Hastanesi'nde çekim yapacaktık. Neredeyse Edremit'in yarısı onu görmeye geldi. Ameliyathane sahnesi çekeceğiz. En üst kat boş olduğu için orada çekime izin verdiler. Fakat büyük kapının buzlu cam olması lazım. Üstüne büyük harflerle "Ameliyathane" yazısını oturttular ama camın şeffaf olması sorun yaratıyor. İki saat kadar bekleyeceğiz diye haber geldi. Araştırmışlar, pazar günü olmasına rağmen camcıyı bulmuşlar, bütün camları değiştirip buzlu cam takacak. Fatma Ana'ya durumu anlattılar.

"Olur mu ulan! 2 saat camcı mı beklenir, ben hallederim," dedi.

Işık kamyonundan spot önüne koydukları yağlı kalın kâğıt rulosunu ve falçatayı getirtti. Camlardan birinin üstüne koydu, kenar köşelere kalemle işareti attı, falçatayla tam ölçüsünde kesti ve çift taraflı şeffaf bantla tam çerçevesine oturttu.

"Şimdi bakın bakalım buzlu cam oldu mu?"

Herkes şaşırdı tabii...

"Ne bakıyorsunuz oğlum aval aval, öbürlerini de ben mi yapayım ulan!" diye dalgasını da geçti tabii.

30 dakikada her taraf buzlu cam oluverdi. Sonra Yeşilçam'da bazı imkânsızlıkları nasıl çözdüklerini anlatarak seti kırdı geçirdi Fatma Ana. Bahar mevsiminde yaz şartlarında çalışıyorduk. Bir gün hava aniden bozdu. Yağmur ve soğuk başladı. Altınoluk'un o mevsimde o kadar soğuk olabileceği kimsenin aklına gelmediği için hazırlıksız yakalandık. Özellikle set çalışanları soğuktan donuyordu. Bir yemek arasında kardeşi Günay'a ve bana, "Şişşt deli-

kanlılar, gelin bakayım benimle, sizinle bir işimiz var," dedi. Bizi arabasıyla aldı, Edremit pazarına götürdü. Pazar yerinde kimseyi kırmadı, herkesle sohbet etti, fotoğraf çektirdi. Kaban, mont, yağmurluk satan büyük bir tır buldu. Adamlar tırın içini mağaza gibi yapmışlar. Yaklaşık 40 kişilik alışveriş yaptı. Üstelik sette çalışan adamların isimlerini, kilolarını tahmin ederek herkesin bedenine uygun olanları tek tek seçti. Parasını kendi cebinden ödedi. Günay'la beraber Fato Anamızın arabasını ağzına kadar doldurduk.

"Götürün, ekipteki çocuklara dağıtın hemen, sonra beni buradan alırsınız," diye buyurdu. Başkanımızın emrini yerine getirdik tabii... Yolda giderken kardeşi Günay, Antalya'dan İstanbul'a gelirken yaşadıkları kazayı anlattı. Fatma Girik arabayı kullanıyor, yola mıcır dökmüşler, bir virajda araba yolun dışına savruluyor, birkaç takla atıyorlar. Allah'tan kemerler takılı... Araba hurdahaş oluyor. Ters dönmüş arabanın içindeki Fato şoku hemen atlatıyor.

"Günay iyi misin oğlum, bir şeyin var mı? Kırık, çıkık, kesik falan?" "Yok iyiyim abla, sen iyi misin?" diye Günay'dan cevap gelince rahatlıyor, hemen çıkıyorlar dışarı.

"Yoldan geçen birine söylerim beni alana kadar bırakır; sen de bir çekici çağırıp aracı bir yere koy, sonra haberleşiriz."

Hiç kaza yapmamış gibi sakin sakin yola çıkıyor. İlk gelen arabayı durdurup havaalanının yolunu tutuyor.

Hasret dizisini çekerken feci eğlendiğimiz anlar oluyor. Bir sahnede babamız ölmüş, mezarlıktan evimize dönüyoruz. Babamıza düşman olan ağalardan biri gelecek. "Başınız sağ olsun Hasret Ana," diyecek.

Fatma Ana da adama bir tokat atıp, bir araba laf sayacak. Tokatı yiyecek oyuncuya (Ali Tutal) yönetmeniz Ümit Efekan'la beraber ayar veriyoruz.

"Ona Erkek Fato derler, sana fena yapıştırır, istersen bu sahnede dublör kullanalım, sen devrilirsin," diyoruz.

Ali de takıldığımızın farkında, ama delikanlılıktan hiç taviz vermiyor.

"Benim hayatım sinemada geçti, ne kavgalar ne sahneler çektim, bana bir şey olmaaazz!.." diye hava yapıyor.

Sahne öncesinde Fatma Abla'yı yönetmenimizle beraber doldurduk.

"Ablacığım adam seni hafife alıyor, hiç sallamıyor. 'Ben Cüneyt Abim'le (Arkın) ne kavgalar çekmişim, Fatma Ablam bana sinek ısırığı gelir...' Bizden duymuş olma, ama arkadaş pek havalı," diyerek sahneye motive ediyoruz Fatma Abla'yı.

"Şimdi tokat sahnesine geçince görürüm onun havasını," diye gülüyor bizimle.

Sete çıktık. Cenaze korteji olarak bütün aile yerimizi aldık. Fato Ablam çekimden önce adamın yanına gitti.

"Bana bak, benim elim ağırdır. Sonra arkamdan Fatma Abla beni çekim dümeniyle dövdü falan deme haaa..."

Ali Tutal hiç altta kalmıyor tabii.

"Ne demek ablam vur... Korkma vur... Ellerin dert görmesin, koca Fatma Girik'ten dayak yemek benim için şereftir," diyerek aklı sıra piyaz yapıyor.

"O zaman hazırsan evladım bu şerefli işi yapalım artık," diyor yönetmenimiz.

"5-4-3-2-1, KAYIITTT!" diye haykırıyor asistan ve çekime başlıyoruz.

Fatma Abla tam yerinde bir tokat çıkardı, öyle böyle değil...

"ŞŞIIRRAAAAKK!!!" diye avuç içiyle destekli kapatınca, Ali Tutal 2 metre geriye savruldu.

"KESTİK, STOOP!.." komutuyla Ümit Efekan yüklendi tabii:

"Kardeşim, ne biçim tokat yiyorsun, kameranın kadrajından dışarı çıktın. Biraz sağlam dursana yahu!.. 'Cüneyt Abimle ne sahneler çektim' diyordun... Fatma Ablan tek bir tane yapıştırdı, utanmasan *knock-out* olacaksın... Hayır ben yapamıyorum diyorsan, dublör kullanalım senin yerine..."

Fato'dan tokat ve yönetmenden fırça yiyince iyice abandone oldu tabii.

"Dur, şu tokat sahnesini genelden alalım, şimdi yakından detay alalım, hep sağ tarafa vurmasın, biraz da sol yanaktan alalım, elimizde bulunsun..."

Sonunda dayanamadık, gülmekten yerlere attık kendimizi.

Fatma Abla dedi ki, "Evladım, bu hergeleler seni gaza getiriyor. Sen de sanat yapacağım diye boşuna dayak yiyorsun..."

Ama Ali hâlâ iddialı... "Ben yıllarımı verdim. Ayrıca kim vuruyor? Koskoca Fatma Girit vuruyor, benim için şereftir..." diye hava yapmaya devam ediyor.

Sonunda Fatma Abla dedi ki: "Kes ulan şerefmiş, ne şerefi be! İki yanağın da maymunun kıçına dönmüş, hâlâ konuşuyorsun..."

Erkek Fatmam, Fatma Anam... O deniz mavisi gözlerinden, o büyük yüreğinden ve güzel ellerinden öperim...

PAŞALARIN PAŞASI

ZEKİ MÜREN

Bazen hayran olduğunuz bir sanatçının canlı performansını izlerken içinizden "ne şanslıyım be" diye mutlu olursunuz ya... O duyguyu henüz lise yıllarının başında yaşadım. Sonraki yıllarda İstanbul'da birçok dünya yıldızını izledim ama ilkini hiç unutmadım.

Ankara'da dayımın oğlu Fiko beni konserine götürdüğünde aklım gidiyordu. Paşaların paşası, "Sanat Güneşi" ismiyle marka olmuş, ekol olmuş Zeki Müren'i izleyecektik beraber. Sahneye ondan önce çıkanları inanın hiç hatırlamıyorum. Ama o sahneye çıkmadan önce anons yapıldı. Koca masalar kenarlara kaydı, ortaya "T" biçiminde bir podyum koydular. Sahnede bordo, dev bir kadife perde kuruldu ve ardından zarif bir anons:

"30 dakika sonra Zeki Müren sahne alacak, lütfen konser esnasında servis istemeyin."

Vay anam vay... Bir Allah'ın kulu da, "Hadi yaa!" demedi bu anonsa... Valla demedi... Paşa'ya saygıdan herkes yemek faslını çabuk geçti. Sonunda beklenen an geldi, ışıklar yavaş yavaş giderken, bordo kadife perdede *full* ışık... Perdenin arkasından müthiş bir fasıl, öyle böyle değil... Açıldıkça perde, sanat müziğinin bütün efsaneleri smokinlerle ve muhteşem performanslarıyla sahne aldı... Ercüment Batanay şef... Orkestra ise Türk sanat müziğinin A milli kadrosu, say say bitmez. Fasılın sonuna doğru önce paşanın sesi geldi tabii... Önce sesiyle hepimizi çiviledi. Mezar taşı gibi kaldık öylece. Podyumun önünde göründüğünde ise gazinonun doğramaları yerinden yıkıldı neredeyse alkış dalgasından...

Bugün gibi hatırlıyorum... Tavus kuşuna benzeyen enteresan bir kostüm... Adını daha sonra kendi söyledi. "Bunu bendeniz tasarladım efendim. Adı, 'Erguvanlar yalan söylemez...'"

2 saatten fazla söyledi. Aralarda espriler, seyirciyle zarif atışmalar, çok çabuk ve sürekli değiştirilen kostümler, yüksek ökçeli botlar... Paşaların paşası gerçekten bir büyücüydü.

Benim dedem, rahmetli kemani, bestekâr Haydar Algöz'dür. Sanat camiasında ona Haydar Telhüner derlermiş. Dedem sayesinde babam da çok şarkı bilir ve gerçekten çok güzel söyler. Babama bir gün sormuştum, "Sence en iyisi kim?" diye.

"Çok eski şarkılarda Bekir Sıdkı Sezgin... Türk sanat müziğinin tamamında ise Zeki Müren," demişti. "Çünkü Zeki Müren sadece şarkı söylemez, o şarkıyı aynı zamanda okur. Cümle içinde doğru vurgu yapar. Eriyorum der, gerçekten erirsin? Ölüyorum der, gerçekten ölürsün... Nota bilir, usul bilir. Binlerce şarkı bilir. Ona paşa değil, mareşallik bile yakışır..."

Benim için genç yaşımda inanılmaz bir şeydi Zeki Müren'i sahnede izlemek. Her yönüyle gerçek bir sihirbaz. Onu izlerken saçı, kostümü, ayakkabıları, duruşu, tavrı, eli kolu, mikrofon tutuşu, hitabet, zarafet, zekâ, espri say say bitmeyen bir dolu zenginlik. Hele hele bunları bu ülkede, o zamanlarda yapabilmek ve toplumdan müthiş bir sevgi, saygı görmek... Paşa diye rütbe almak ve sanat güneşi diye madalya takmak. Daha Queen'in efsane solisti Freddie Mercury kundaktayken paşa olmak...

Babam devlet memuru olduğu için hep dolaştık. İlkokulu Trabzon'da, orta ve liseyi Bursa'da okudum. Bursa'nın meşhur Tophane Yokuşu'ndan çıkınca Muradiye Mahallesi'yle birleştiği sokakta, en büyük halamız Hacı Muammer Ana otururdu. Bir gün rahmetli anneannem Düriye Hanım'ı ve anam Güner Hanım'ı taksiyle ona götürdüm. Onlar kıtlama çay, Erzurum ketesi ve bahar cigarası eşliğinde sohbetteyken kapı çaldı. Genç olarak fırladım, kapıyı açtım. Orta yaşın üstünde bir hanım geldi. Daha ben bir şey diyemeden hacı halam sesinden tanıdı.

"Hoş geldin Hayriye Hanım, buyrun buyrun..." diye içeri buyur ettiler.

Ona da çay ve kete servisi yapıldı. Üç beş hal hatır sorma faslından sonra hacı halam dedi ki, "Hayriye Hanım benim üst kat komşumdur, Zeki Müren oğlumuzun da anasıdır..."

Nee! Paşa'nın anası halamın evinde, ulan ister misin bir sürpriz yapsa gelse... diye tatlı bir hayal kurdum kendime. Olmadı tabii...

Sohbetin bir yerinde Hayriye Hanım dedi ki: "Haftaya Yeşil Cami'de rahmetli Kaya Bey'in ruhuna dua ve mevlüt okutacağız. Zeki de gelecek... Siz de gelin, görürsünüz..."

Hayriye Hanım gittikten sonra bizimkilere dedim ki: "Sizi camiye ben götürüp getireceğim, ne olur gidelim."

Hacı Muammer Halam ve nenem Düriye Hanım bu işe çok sevindiler.

O gece, Bursa Yeşil Cami ve çevresinde izdiham oldu. Ben, genç bir koruma gibi yolları aça aça hacı halayı ve nenemi caminin kadınlar için ayrılmış üst tarafına çıkardım. En öndeki parmaklıkların tam dibine oturdular... Zeki Paşa'yı daha iyi görsünler diye. Çıktım dışarıya, ben de yakından görme derdindeyim tabii... Bir süre sonra caminin giriş kapısında bir hareketlenme oldu. Sanki etrafında kalabalık bir koruma ordusu varmış gibi Paşa göründü. Cami avlusuna doğru girdi. Siyah takım elbise, beyaz gömlek, kalın siyah kravat, saçları geriye taralı yüzünde kare gibi siyah çerçeveli gözlük... Yavaş yavaş yürürken genele hitap eden zarif baş selamlarıyla, asil bir biçimde arkasında çığ gibi izdihamla camiye doğru geldi. Şık pabuçlarını çıkarmak isterken birileri hamle yaptı. İzin vermedi. Yanında sanıyorum bir yardımcısı vardı sadece... Ona pabuçlarını verdi, içeriye doğru yavaşça süzüldü.

Bir baktım birileri dümenden, "Yol açın efendim, bir dakika kardeşim," diyerek önlerde yer kapmanın derdinde. Kalabalık birden içeriye hücum edince... Aynı yöntemle, Paşa'yla beraber önde giden ilk halkaya dahil oldum. Hafızlarla beraber geniş bir yarım daire yaptılar. Tam karşılarına gelecek bir yer buldum. Olduğum yere çiviledim kendimi, ilk defa Paşa'ya bu kadar yakın oturmuşum, öldürseler de yerimden kalkmam. Dualar, ilahiler okunmaya başladı. Bunların çoğuna kafası önde eşlik etti. Hele hele mevlüt okunurken...

"Merhaba" bölümünü tek başına söyledi. Söyledi ya da okudu demek haksızlık olur. "Şakıdı" dersek biraz daha doğru olur... Düşünün, tarihi Bursa Yeşil Cami ağzına kadar dolu, muhteşem bir akustik...

Mikrofonsuz... Ve de Zeki Müren söylüyor.

"Merhaba ey âli sultan merhaba,
Merhaba ey kân-ı irfan merhaba
Merhaba ey derde derman merhaba..."

Zeki Müren'i bir kere sahnede canlı performansıyla görmüştüm. Muhteşem bir sanatçı ve bir büyücüydü. İnsanda saygı uyandıran enteresan bir ışıltısı vardı. İşte ona karizma diyorlar artık. Yeşil Cami'deki gece olağanüstüydü ve ben ne kadar şanslıyım ki, oradaydım. Her sesini duyduğumuzda bil ki gönüllerdesin Paşam...

SONSÖZ

ZAFER ALGÖZ

İnsanın hayatı boyunca sahip olabileceği en büyük şans, istediği mesleği seçebilmesi ve onu yapabilmesidir diye düşünürüm... Bu konuda kendimi çok şanslı görüyorum. Anam bana hamileyken Devlet Tiyatrolarında *Küçük Tilkiler* oyununu izlemiş. Oyuncu Yalın Tolga'ya annem de, babam da hayran olmuş... Babam Cevdet Bey'e demiş ki: "Allah nasip eder de oğlum olursa, inşallah bu adam gibi oyuncu olur..." Kariyer planlaması olur da bu kadar erken mi olur?

Babam, eski adıyla YSE'nin (Yol-Su-Elektrik) müdürü olarak Erzurum'dan Kars'a gitmiş... Annemle orada evlenmiş. Sonrasında Trabzon ve Bursa yıllarımız oldu... İlkokulu Trabzon'da okudum. Ortaokul ve liseyi Bursa'da... Konservatuvarı Ankara'da parasız yatılı olarak okudum.

Orta 2. sınıftaydım... Kemalettin Tuğcu'nun insanı ağlamaktan perişan eden bir aile dramını arkadaşlarımızla oyunlaştırdık. Oyunu, edebiyat öğretmeni Tülay Hanım sahneye koyacaktı. Hoca varken çok ciddi, onun olmadığı zamanlarda gayri ciddiydik... İnsanı gülmekten ağlatan bir yorumla çalışıyorduk. Üstelik her provamızda izleyicilerimiz giderek artıyordu... Sonunda hocamıza ispiyonladılar... Sağ olsun hiç kızmadı. "Oynayın göreyim," dedi... Çıktık, neredeyse dolu salonda gayet güzel oynadık. Salon alkıştan yıkıldı. Tülay Hocamıza baktık. Kadıncağız gülmekten ağlıyordu... "Vallahi böyle çok tatlı olmuş. Oyunu aynen böyle yapacağız," dedi. Aslında bir defa oynayacaktık. Gelen yoğun talepler nedeniyle ekstra gösteriler de yaptık. Karşılığında kantinciden çay, poğaça, köfte-ekmek ikramı geliyordu o kadar... Böylece tiyatrodan ilk defa bir şey kazanmış olduk.

İsimlerini hiç unutmuyorum, Hocalarım Tülay İltan ve Bingül Toksoy beni yakın markaja aldılar. "Bursa Devlet Tiyatrosu'nun açtığı gençlik tiyatrosu kursları var, sen oraya gitmelisin," dediler. Benim hiç öyle bir niyetim yok... Ben o yaşlarda, okuldan çıktıktan sonra mahallede hava karanıncaya kadar maç yapıyorum. "Önce Bursaspor, sonra da Beşiktaş" diye çoktaann hedef koymuşum... Gerçi sonradan "Hava Harp Okulu'na gireceğim," diye niyetimi değiştirdiğim bir dönem de oldu ama kısmet değilmiş... Hocalarım kafayı bana taktılar, aileme de baskı yapmaya başladılar... "Devlet Tiyatrosu'nun kurslarına gönderin bunu..." Anam zaten bana hamileyken kariyer planımı yapmış, hiç boş bırakır mı? Çaresiz evrakları alıp ilk başvuruyu yaptık... Sınav günü komisyonda büyük oyuncu Yalın Tolga'yı da görünce inanılmaz rahatladım. Galiba anamın dileği gerçek oluyor diye düşündüm.

3 ay sonra, tam yaşıma uygun bir rol verdiler... Orada sahneye çıkınca oyunculuğa âşık oldum... Konservatuvarı bitirdim. 2 yıl Bursa'da staj yapıp İstanbul Devlet Tiyatrosu'na tayin olacaktım. 1985 senesinde profesyonel olarak oynadığım ilk oyunu da Yalın Tolga yönetti. 2 sene sonra o büyük oyuncuyla *Venedik Taciri*'nde, onun jübile oyununda oynamanın mutluluğunu yaşadım... Şahane bir Shylock oynamıştı. Cüneyt Gökçer, Müşfik Kenter, Baykal Saran, Alev Sezer, Sadrettin Kılıç, Erol Kardeseci, Savaş Dinçel, Yaman Okay, Macit Flordun, Yalın Tolga, Süha Tuna, Erkan Yücel, Haluk Kurdoğlu, Kerim Afşar, Semih Sergen, Macide Tanır, Suna Pekuysal, Işık Yenersu, Nisa Serezli, Yıldız Kenter ve daha nice muhteşem oyuncuyla tanışma ve çalışma fırsatı yakaladım. Çoğunu sahnede izledim. Hepsi, her oyunda bir şeyler öğrendiğim, okul gibi oyunculardı...

İnsan gençken ya da benim genç olduğum yıllarda... Hele yeni yetme tiyatrocuysa, varsa yoksa tiyatro diyor...

Sinema ya da TRT'de dublaj yapmaya bile soğuk bakıyor. Hiç unutmam... Balıkesir'e 3 günlük turneye gitmiştik... Otelden çıktım, caddede bir kitapçıya girdim. Henüz ipleri çözülmemiş bir balya gördüm... En üstte *Ağır Roman*-Metin Kaçan yazıyordu. Onu aldım, otelde bir solukta bitirdim. "Allahım, bu romandan ne güzel film olur," dedim... Hayalimde filmi çektim... Kendime de nedense o kadar kafa rol olduğu halde Gaftici Fethi'yi seçtim... İstanbul Devlet Tiyatrosu'nda sürekli tiyatro yaptım... Rol aldığım ilk sinema filmimde, yıllar öncesinden kendime ayırdığım Gaftici Fethi'yle buluştum...

Ülkemizin çok önemli yapımcılarıyla, yönetmenleriyle, oyuncularıyla, yazarlarıyla çalışmak, tanışmak onuruna eriştim... "Yazsana bunları..." diyen çok arkadaşım oldu. Sonunda Candaş Tolga'nın ikna becerisiyle yıllardır şikâyet ettiğim yazım konusundaki tembelliğimi kırmayı deneyeyim dedim... *KAFA* dergisinde yazmaya başladım. Böylece eğrisiyle doğrusuyla bu kitap çıktı ortaya... Bu yaşanmış öykülere vesile olan herkese teşekkür ediyorum... Büyüklerimin ellerinden... Küçüklerimin gözlerinden öperim...